W0286723

Nachhaltigkeit liegt uns am Herzen.

**Hergestellt in Deutschland**
**Gedruckt auf FSC®-Papier**
**Lösungsmittelfreier Klebstoff**
**Drucklack auf Wasserbasis**

Natürlich

magellan

Andreas Thamm

# Wenn man so will, waren es die Aliens

ANDREAS THAMM

# Wenn man so will, waren es die ALIENS

magellan

# DER ALTE HERR

Es ist früh am Morgen, vier Uhr oder so, und ich suche den Alten Herrn schon seit Stunden. Wenn ich aufhöre für einen Moment und stehen bleibe, verschwimmen die Umrisse der Umgebung vor meinen Augen. Dieses komische Gefühl, wenn die Augen erst scharf stellen müssen, wenn die Ohren noch nicht richtig funktionieren, als würden kleine Korken drinstecken. So müde bin ich, genauso müde.

Ich suche den Alten Herrn, seit ich vorhin wach geworden bin, weil ich dachte, ich hätte etwas gehört. Das heißt: Bestimmt habe ich etwas gehört, sonst wäre ich ja nicht wach geworden. Aber als ich das, was auch immer es war, gehört habe, habe ich ja noch geschlafen. Deswegen konnte ich danach natürlich nicht mehr sagen, was für ein Geräusch das nun war.

Macht komplett Sinn so, oder?

Ich habe den Alten Herrn auf seinem Eckbankplatz im Wohnzimmer gesucht, natürlich, zuerst. Obwohl mir eigentlich schon klar war, dass er da nicht sein würde. Ich bin durch den langen Speisesaal geschlichen und habe flüsternd nach ihm gerufen. Flüsternd, damit bloß keiner der Hotelgäste wach wird. Ich habe irgendwie kein gutes Gefühl. Es kommt nicht vor, dass der Alte Herr nicht entweder in meinem Zimmer oder an seinem Platz ist. Wir haben einen ähnlichen Rhythmus, werden zu einer ähnlichen Zeit wach und gehen ungefähr zur selben Zeit ins Bett.

Die Dämmerung drückt so ein schummriges graues Licht durch die Vorhänge. Draußen kann er eigentlich nicht sein, ich wüsste nicht, wie. Ich öffne die Tür zum Keller, als hätte ich nicht gerade eben festgestellt, dass er draußen nicht sein kann, was logischerweise auch heißt, dass er nicht im Keller ist: Der Alte Herr ist zwar ein großer alter Golden Retriever, aber er hat nie gelernt, Türen zu öffnen. Meistens sage ich nur der Alte zu ihm oder Alter oder Herr. Ich glaube, es war die Idee meines Bruders, Jakob, fünf Jahre älter als ich, ihm diesen komplett dämlichen Namen zu geben. Aber andererseits finde ich es auch schön, dass der Name jetzt endlich auch zu ihm passt. Er ist einfach unser Alter Herr, alle lieben ihn, auch unsere Gäste, und ich muss ihn finden.

Es ist irgendwie zwischen vier und fünf Uhr, und ich suche das Hotel, das meinem alten Vater gehört, nach unserem alten Hund ab. Natürlich bin ich in der Küche gewesen, weil Tiere sind ja immer irgendwie hungrig. Aber selbst das weiß der Alte Herr eigentlich, dass die Küche zu dieser Uhrzeit sauber ist und er kein Stück Wurst unter den Schränken finden wird. Er weiß das alles. Er ist wie der dienstälteste Mitarbeiter und komplett mit den Routinen dieses Betriebs vertraut.

Ich steige vorsichtig und langsam die Treppenstufen hinunter. Meine Knie fühlen sich weich an, als wäre ich lange grippekrank gewesen. Sie zittern völlig übertrieben, während ich eine Stufe nach der anderen hinter mich bringe.

Morgen ist, glaube ich, der erste Schultag, und es wäre mein erster Schultag in der zwölften und letzten Klasse, aber es ist der erste erste Schultag, zu dem ich nicht hingehen werde. Ich bleibe daheim, im Hotel.

In etwa vier Stunden treffen sich die anderen, Fips, Lasse, Mo, Katja, Shanti, Luka … Diese Leute halt, die, die keine Arschlöcher sind. Die ich mag und die mich vielleicht auch mögen und noch ein paar Wochen vermissen werden. Wahrscheinlich haben sie einen Treffpunkt ausgemacht, auf halbem Weg. Sie werden ein bisschen genervt sein, weil sie zum ersten Mal seit sechs herrlichen Wochen früh aufstehen mussten. Aber sie werden auch dieses Kribbeln haben, weil das letzte Jahr begonnen hat. Noch ein letztes Jahr sind sie zusammen. Und dann haben sie es hinter sich. Sie verstehen jetzt vielleicht so langsam, was das bedeutet, und haben dann noch ein Jahr lang Zeit, um sich daran zu gewöhnen.

Ich habe dieses Kribbeln nie gehabt. Mir ist es entgangen. Und wer es nicht mitbekommen hat, in der Zwischenzeit der Sommerferien, wird Fips oder Lasse fragen, die es wissen müssen: Wo ist Josh denn? Krank oder was?

Und Fips und Lasse werden den anderen das dann, also so in etwa vier Stunden, erklären – dass ich jetzt im Knutt angefangen habe, in dem nicht ganz schäbigen, aber ziemlich in die Jahre gekommenen Hotel meines Vaters. Weil mein Bruder abgehauen ist und mein Vater Hilfe braucht und er den Laden sonst zumachen muss, und dann hat der Josh anscheinend gesagt, ja, gut, er macht das …

Hä, werden die anderen dann vielleicht sagen, und was ist mit Abi und: Wollte der nicht studieren? Und: Ist das überhaupt legal? Beziehungsweise: Ist das nicht die dümmste Idee, von der ihr jemals gehört habt? Und Fips und Lasse, die beiden, die es wissen müssen, weil sie mich am besten kennen, werden mit den Achseln zucken, wie ich in den vergangenen Wochen oft mit den Achseln gezuckt habe, und wahrscheinlich so etwas sagen wie: Kann schon sein. Aber dass Frank, sein Papa, also meiner, das Knutt zumacht, das kann ja auch keiner wollen.

Vielleicht bin ich ja deshalb so unruhig. Weil ich weiß, dass ich das alles verpasse. Den vorfreudigen Weg, das Wiedersehen, ein neues Klassenzimmer, ein neuer Stundenplan und das Gerangel um die besten Plätze ganz hinten. Ich weiß, dass sie jetzt in vier oder fünf Stunden über mich sprechen werden, dass sie diskutieren werden, ob ich wohl völlig bescheuert geworden bin. Das hat keiner kommen sehen. Das Thema des Tages. Heute noch und morgen ein bisschen und übermorgen schon gar nicht mehr.

Vielleicht kann ich deshalb nicht schlafen und schleiche stattdessen durch den Keller, in dem jetzt mit dem leisen Geräusch, als würde von innen ein dünner Draht gegen das Glas schlagen, das automatische Licht anspringt. Es könnte durchaus sein, dass nebenan im Solarium eine alte Lady liegt, denke ich, die sich gestern nach dem Abendessen noch bräunen wollte und dann eingeschlafen ist und jetzt wie eine Rosine aufwacht oder gar nicht mehr. Oder dass jemand gerade jetzt auf dem Heimtrainer sitzt und unangenehm überrascht wird von mir. Ein Verlobter, der nicht schlafen kann zum Beispiel, weil seine Verlobte schnarcht, was sich erst in diesem Urlaub herausgestellt hat. Und jetzt sitzt er vielleicht hier und strampelt mit rotem, schweißnassem Kopf vor sich hin und denkt darüber nach, ob das mit der Hochzeit vielleicht doch nicht die beste von allen Ideen war …

Es ist ja nicht verboten oder so, den Wellnessbereich auch nachts aufzusuchen. Aber natürlich ist absolut niemand hier, gar niemand, auch nicht mein Hund. Ich schleiche durch diese weiß gekachelten Räume, ich werfe einen Blick in unsere Mini-Sauna und stoße mir fast den Kopf, als ich ihn in den Schacht für den Lastenaufzug stecke, der schon länger außer Betrieb ist, als ich mich erinnern kann. Ich mag nicht mehr suchen und ich mag nicht mehr schlafen. Ich verlasse das Haus durch die Hintertür.

Ich warte auf der Hollywoodschaukel auf den Alten Herrn. Das weiß-blau gestreifte Polster drückt Feuchtigkeit durch meine Jeans, aber es ist auch weich und gemütlich. Ich lege die Arme auf die Rückenlehne und den Kopf in den Nacken und ich schaue in den grau dämmernden Himmel und kann meine Augen nicht länger offen halten. Ich rufe nach ihm, so leise, dass es nur ein Hund hören kann. Das Gras kitzelt meine Fußsohlen. Es ist fast angenehm, finde ich, hier zu sitzen und einfach mal –

Und dann träume ich: Ich gehe einen langen Gang entlang. Ich kann das Ende des Gangs nicht sehen. Die Lichter an der Decke gehen immer gerade da an, wo ich entlanglaufe. *Pling, pling, pling.* Ich bin mir ziemlich sicher, dass ich mich beeilen sollte, wenn ich nicht zu spät zum Kegelturnier kommen möchte. Ich kann gar nicht gut kegeln, aber ich werde müssen, denn es geht um alles, es geht um Leben und Tod, und wenn ich nicht rechtzeitig die Bahn erreiche, dann bin ich disqualifiziert, dann bin ich raus, und irgendetwas Schlimmes wird passieren, mit Papa, den sie kopfüber in ein Fass tauchen und wieder herausziehen, und von seiner Glatze tropft eine flüssige schwarze Masse. Aber ich komme nicht vorwärts. Es ist, als wäre der Teppichboden eine dieser Rolltreppen ohne Treppenstufen, so eine Geradeaus-Rolltreppe, wie am Flughafen, und ich muss dagegen anlaufen. Und jetzt rufen sie schon meinen Flug aus, sie sagen »Josh, Josh, Sie müssen jetzt boarden«. Ich weiß, dass das alles gar kein Problem wäre, wenn ich diese Rolltreppe in den Griff kriegen würde, aber wenn ich den Blick senke, um mir das mal genauer anzuschauen, dann ist da immer das große Maul meines Hundes. Der Alte Herr schnappt nach meiner Hand.

Ich öffne schlagartig meine Augen. Es ist ziemlich hell, ich muss ziemlich lange weggetreten gewesen sein. Der Alte Herr schnappt nicht nach meiner Hand. Aber was zum Teufel macht er da? Er schlabbert mir die Hand voll, sein Speichel ist ganz schaumig und etwas rosa und heiß und sein Kopf liegt träge und schwer auf dem Polster der Hollywoodschaukel. Da stimmt was nicht mit meinem Hund!

Wir stehen am Bett meines Vaters, der Hund und ich, am Fußende. Jemand will etwas von ihm. Das ist das Schlimmste für ihn. Vor Jahren, als das losging, habe ich so viel zumindest schon verstehen können, aber immer noch wie heimlich gedacht: Das ist doch nicht irgendjemand, der hier etwas von dir will, das ist doch dein Sohn. Heute weiß ich, dass das keinen Unterschied macht und erst recht keinen Sinn, wenn man dann sauer ist oder gekränkt oder so. Ich muss immer geduldig sein, weil alles andere nicht funktioniert. Aber jetzt haben wir keine Zeit.

Es ist kurz nach sieben, Papa liegt im Bett, aber seine Augen sind offen. Ich weiß nicht, wie lange er schon so daliegt oder ob es für ihn überhaupt einen Unterschied macht, ob er wach ist oder schläft. Er ist ganz eingefroren, nur hinter seiner Schädeldecke passiert wahrscheinlich allerhand wildes Zeug, das ich nicht ahne oder verstehen kann.

»Wir müssen zum Tierarzt fahren«, sage ich, und weil ich weiß, dass er darauf nicht sofort reagieren wird, und weil ich uns, dem Alten Herrn und mir, Zeit sparen will, wiederhole ich das gleich noch zwei Mal. Zum Tierarzt fahren. Zum Tierarzt.

Papa setzt sich auf die Bettkante. Beim Schlafen trägt er ein weißes Unterhemd. Mein Papa hat Hängebacken und nur noch wenige Haare auf dem Kopf. Sein Körper sieht aus wie der Körper eines Mannes, der früher einmal dick war und jetzt die Energie nicht aufbringen kann, um abzunehmen. Wie ein dünner Mann in einer dicken Hülle oder so. Ich kann es nicht anders beschreiben. Er schaut schräg an mir vorbei, der Alte Herr reibt die ganze Zeit seine Schnauze am rauen, feuchten Saum meiner Jeans.

»Ich glaube, er hat einen Igel gebissen oder so«, sage ich.

Ich muss jetzt weiterreden, damit ich den Draht, damit ich seine Aufmerksamkeit nicht verliere. »Das blutet und ich weiß nicht, ob da ein Stachel drinsteckt. Das kann sich entzünden vielleicht und dann kann das echt gefährlich werden. Hab ich gerade gegoogelt, schaut halbwegs unangenehm aus.«

Papa nickt. Er hat mich gehört, ganz sicher. Der Alte Herr knurrt leise, was er so gut wie nie macht. Er knurrt vorsichtig, als würde er sich eigentlich nicht trauen, es aber auch nicht mehr aushalten, nicht zu knurren. Warum stehen wir hier am Bett vom alten Häuptling, fragt er sich wahrscheinlich, worauf warten wir, warum kümmert sich keiner um mich. Und ich würde ihm gern erklären, dass das daran liegt, dass ich keinen Führerschein besitze, aber das funktioniert natürlich nicht, und der Alte Herr weiß auch gar nicht, was ein Führerschein ist.

»Bitte«, sage ich, und Papa trocknet seine Handflächen an der karierten Schlafanzughose.

Er wird im Auto sitzen bleiben, solange ich in der Praxis bin, und wenn ich und der Alte Herr wieder da sind, der Alte Herr den abgebrochenen Stachel des Igels nicht mehr im Mund hat und ihm kein heißer rosafarbener Speichel mehr aus dem Maul schäumt, wird er sagen:

»Ist wieder gut, ja?«

»Ja.«

Ich nicke und schenke ihm ein freundliches Lächeln, aber Papa schaut nicht mich an, sondern den Zündschlüssel, bevor er ihn umdreht und losfährt und uns zurückbringt, zum Hotel, wo jetzt niemand Frühstück gemacht hat. Nur den Brötchenkorb hat er hektisch aufgestellt, damit da nicht nichts ist. Und noch während wir vom Parkplatz der Praxis rollen, klopft er mir kurz mit seiner schweren rechten Hand auf die linke Schulter und murmelt etwas davon, dass das ja gut sei. Es tut mir leid, dass ich ihm das gerade angetan habe. Das war anstrengend für ihn.

Aber ich glaube nicht, dass das wirklich der Grund ist, die Ursache. Dass das eine mit dem anderen zu tun hat.

Am nächsten Morgen ist er verschwunden.

Nicht der Alte Herr diesmal, also schon, aber der andere alte Herr, mein Vater. Er wird wie vom Erdboden verschluckt sein. Als hätte es ihn nie gegeben, nicht hier und nicht anderswo. Als wäre ein Greifarm aus dem Weltraum erschienen, der ihn angehoben und weggetragen hat.

# VERSCHWUNDEN

Unser Familienbetrieb ist ein nettes, kleines Hotel, benannt nach einem Vogel, der in unserer Gegend nistet. Wir haben die Stammgäste, die nie wieder irgendwo anders Urlaub machen werden und manchmal direkt in einem unserer Betten sterben, was wahrscheinlich genau der Tod ist, den sie sich gewünscht haben. Wir haben ein altes, aber nicht heruntergekommenes Bürgerhaus aus roten Backsteinen mit seltsamen Balkonen und einem verwinkelten Garten. Wir haben die Lage, von der selbst die wütenden Bewerter schwärmen, so ruhig und in wenigen Gehminuten ist man am Meer, an einem kleinen, fast versteckten Stück Nordsee, wo man sich nicht mit tausend anderen um einen Liegeplatz prügeln muss.

Hey, und ich habe die Verantwortung für den Laden und nicht so wie andere, siehe Lasse, siehe Fips, das Problem, mir in Berlin oder Hamburg einen Studienplatz suchen zu müssen und dann auch noch eine bezahlbare Wohnung.

So kann man das, wenn man sich hart anstrengt, auch sehen. Ich versuche das, ich habe es trainiert, und ich kann ganz sicher sagen: Es ist voll okay hier und sicher besser als zum Beispiel eine Doppelstunde Physik.

Ich könnte jetzt versuchen, mich mit dieser Situation anzufreunden. Und stattdessen habe ich sofort ein massives Problem am Hals.

Warum sollte einer plötzlich verschwinden? Ich versuche, den gestrigen Tag zu rekonstruieren. Ob da vielleicht etwas war, was ich überhört oder übersehen habe. Ein Greifarm aus dem Weltraum, ein endloses Loch im Boden …

Als wir vom Tierarzt zurückgekommen sind, begegneten wir zuerst Frederik Berger, dem Maler, der von einem trockenen Brötchen aus dem Brotkorb abbiss und uns danach mit dem angebissenen Ding zuprostete. Unterm Arm trug er einen kompletten Salatkopf. Könnte auch ein Kohl oder so gewesen sein.

Berger grinste aus seinem grauen Bart, den er unterm Kinn mit einem roten Haargummi zusammengebunden hatte. Mein Vater murmelte etwas von Notfall. Er mag den Maler nicht, weil er das Gefühl hat, dass der was im Schilde führt, was auch immer das heißen soll. Egal.

Der Alte Herr trottete uns hinterher und sah aus, als müsste er erst noch in Ruhe darüber nachdenken, was er gerade erlebt hatte, um das irgendwie zu verarbeiten. Und vielleicht etwas daraus zu lernen, wie: Vorsicht, der Igel schmeckt scheiße und ist stachelig.

Ich kam mir in diesen Momenten klein vor neben meinem massigen, schweigsamen Vater. Im Kopf ging ich die Aufgaben durch, die an diesem Tag vor mir lagen. Neue Gäste empfangen, Schlüssel aushändigen, alte Gäste verabschieden, Informationen rausgeben, weil Frau Dierksen sich wünscht, dass ihr Mann mal einen Spaziergang mit ihr macht: Wohin soll man denn da laufen? Und wo gibt es eine Eisdiele eigentlich? Zwischendurch Frau Severin in den zu reinigenden Zimmern zur Hand gehen, Klopapier aus dem Keller holen, die vielen kleinen, unwichtigen, notwendigen Dinge. Und ab und zu, das ist das Schönste, eine Hand nach dem Nackenfell des Alten Herrn ausstrecken und da reinkraulen, ihm den Napf auffüllen und die Gassizeit nicht verpassen.

Ich hatte einen Plan und war cool damit. Das war der erste Tag von einem Leben, das vielleicht, nur vielleicht!, genauso aussehen würde: mit wenig Urlaub und vielen komischen Menschen, zu denen ich immer gleich freundlich sein müsste. Oder zumindest sollte. Und auch wenn diese Erkenntnis eigentlich nicht neu für mich war: In der Nacht vor dem Verschwinden fiel ich anders in mein Bett als in einer Million Nächten zuvor. Ich lauschte nach den Wellen da draußen, die ich in einer Million Nächten gehört hatte und die jetzt plötzlich stumm waren. Vielleicht hatte ich sie ein Mal zu oft gehört, sodass meine Ohren sich genau jetzt so sehr daran gewöhnt hatten, dass sie das nicht mehr wahrnehmen konnten.

Ich lag da und war allein mit meinen Gedanken und wusste, um ehrlich zu sein, nicht wirklich, was ich von alldem halten sollte.

Mein Bruder hatte entschlossen wegzugehen und ich hatte entschieden hierzubleiben. Ich hatte entschieden, dass es mir wichtig war, dass das hier alles, das Hotel und so, Bestand hatte und überleben konnte. Ich war an einem komischen Abend vor nicht ganz zwei Monaten in eine Rolle hineingeraten, die ich jetzt ernsthaft ausprobieren wollte.

Ein Jahr lang, das hatten Papa und ich so miteinander vereinbart. Um dann noch einmal zu überlegen und eine Entscheidung für länger treffen zu können.

Vielleicht, dachte ich, sind die meisten Entscheidungen in etwa gleich gut, und es kommt vor allem darauf an, nicht zu viel miese Zeit mit den Gedanken daran zu verbringen, welche Schrecklichkeiten wohl passieren könnten.

Keine Ahnung, ob mein Vater in diesen Sekunden, in denen mir so schlaue Gedanken kamen, wohl seinerseits schon beschlossen hatte zu verschwinden, wenn es denn ein Entschluss war. Oder ob er vielleicht schon verschwunden war oder am Verschwinden, gerade dabei, sich in Luft aufzulösen.

Aber es stimmt eben: Papa ist weg.

Moment, halt, das macht null Sinn. Das ist, als würde man sagen, der Präsident ist nicht im Weißen Haus.

Mein Vater hat dieses Hotel vor, ich weiß gar nicht so genau, sagen wir fast dreißig Jahren, von einem alten Ehepaar übernommen und sich damit einen Traum erfüllt. Das war nicht nur sein Haus am Meer, das war auch sein Laden, sein Geschäft, in dem niemand anders außer ihm selbst das Sagen hätte, das er so aufziehen, so gestalten konnte, wie ihm das am besten gefiel, das in jeder Ecke, an jedem Stuhlbein, auf jedem Kopfkissenbezug ein bisschen seiner Handschrift trug.

Hier hatte er auch unsere Mutter kennengelernt. Und hier hat er, bis auf wenige Ausnahmen, seitdem jeden Tag verbracht. Irgendwo tief in seinem Herzen ist er der ultimative Gastgeber. Früher ist er selbst viel in der Welt unterwegs gewesen. Dann wollte er gern Menschen beherbergen und derjenige sein, den sie fragen, wann der beste Zeitpunkt ist für eine Wattwanderung und ob der Fisch im Restaurant nebenan wirklich von hier ist. Zumindest wollte er das für die längste Zeit seines Lebens.

Dieser Mensch ist, das will ich damit sagen, in diesem Haus.

So kennen wir das, seine Kinder, seine Angestellten, seine Gäste und Paul, sein Freund, der manchmal (oft) ein bisschen zu gern und zu lang an der Hotelbar sitzt. Und sich manchmal (oft) am Morgen aus dem Haus schleichen muss, weil er auf einer Eckbank im Speisesaal aufgewacht ist.

Das Hotel Knutt ist ein Treffpunkt für die Einheimischen und ein Hafen für ganz normale Urlaubsfamilien und viele schräge Vögel.

Es ist ein Dienstag und ich renne durch dieses Hotel, hoch und runter, reiße Türen auf und rufe so laut, als ob es mir egal wäre, wenn mich die gesamte Kundschaft hört. Papa sitzt nicht in seinem fensterlosen, stickigen Kabuff vor dem Röhrenmonitor seines lautstark vor sich hin lüftenden Computers. Er liegt nicht mehr im Bett. Er trägt keine Gedecke für die Frühstücker auf. Er sitzt nicht auf unserer privaten und auf keiner der beiden öffentlichen Toiletten (ja, ich habe geklopft) und auch nicht in dem Pavillon, den Marcel, der Gärtner, absichtlich vernachlässigt, damit er so schön zuwächst und unsere Ehepaare sich hier wie Teenager zum Knutschen zurückziehen können.

Sein Auto, der silberne Opel Kombi, steht nicht in der Garage.

Und ich stehe im langen Speisesaal und schaue die leeren Tische und die Bänke und das Buffet an, und mein Gehirn versteht gar nicht, was es mit der Information jetzt anstellen soll. Da ist ein großes Rauschen, als hätte mir jemand den Stecker gezogen.

Schätzungsweise in einer Viertelstunde kommen die ersten Gäste hungrig und mit nächtlichem Mundgeruch aus ihren Zimmern. Und manche, die schon öfter hier waren und mich beim Vornamen kennen, werden sich erkundigen, warum ich wohl vorhin so laut nach dem Senior gerufen habe, und vielleicht vorschlagen, dass ich doch in der Sofaritze nachschauen könnte, weil da doch angeblich immer alles wieder auftaucht …

Ich ziehe mein Handy aus der Tasche und gebe »Papa« ein und dann dauert es einen Moment und ich höre es brummen. Es liegt auf der Ablagefläche hinter der Bar zwischen Bierdeckeln und Abrechnungen und wandert vibrierend auf die Kante zu, und es ist wahrscheinlich, ziemlich sicher, genauso schlau wie ich.

Ich lege auf. Papas Handy zeigt einen entgangenen Anruf, nichts weiter. Dann bereite ich das Frühstück vor. Während ich die Spülmaschine ausräume und die Kaffeemaschine anschmeiße, während ich die frisch ins Haus gelieferten Brötchen und Brote in Körbe schütte und während ich danach die Krümel mit einem feuchten Lappen in meine hohle Hand wische, während ich die Gästeliste durchgehe, um mich noch einmal zu vergewissern, wie viele Gedecke wir brauchen, und während ich mir die müden Augen reibe oder nasebohrend aus dem Fenster glotze, stehe ich, glaube ich, komplett neben mir.

Wobei das natürlich auch irgendwie Quatsch ist. Würde ich in echt neben mir stehen, das wäre vielleicht gar nicht so schlecht, dann könnte ich mich anschubsen oder mir eine reinhauen, wenn es sein müsste. Mich aufwecken.

Aber: Die Aufgaben erledigt wie automatisch ein anderer, eine zweite Hand, die sich über meine Hand gestülpt hat, und mein Gehirn sucht währenddessen nach Möglichkeiten und Erklärungen. Der Alte Herr stupst mich am Oberschenkel und wie automatisch fülle ich seinen Napf. Aber ich spreche nicht mit ihm und der Alte Herr guckt ein bisschen verwundert oder besorgt.

Und dann wird auf einmal alles klar.

Idiot, denke ich und muss kichern, weil ich wie ein kleines Kind in Angstzustände gerate, nur weil mein Papa kurz nicht da ist. Ich pfeffere – *flatsch!* – den feuchten Lappen hinter die Bar und haste ins fensterlose Kabuff hinter der Anmeldung. Der alte Bildschirm steht auf einer Art Sekretär mit vielen Fächern drum herum wie bei einem Apotheker oder so. Meine Hände fahren hastig in alle Fächer, ich habe staubige Fingerspitzen, ich finde, wonach ich gesucht habe: seinen Terminkalender. Ein kleines Buch mit dunkelrotem Ledereinband und Gummiband und Lesebändchen. Mit staubigen Fingerspitzen blättere ich hindurch, viel zu hastig und gewalttätig, eine Seite reiße ich ein. Dabei kann ich mir doch eigentlich ganz sicher sein, dass in dem Feld, das zum heutigen Datum und zur jetzigen Uhrzeit gehört, etwas stehen muss. Ich muss eigentlich gar keine Angst mehr haben.

Eine Lieferung von irgendwas, die er irgendwo abholen muss.

Ein Arzttermin.

Ein Date? Haha. Unwahrscheinlich. Eher ein Arzttermin. Den muss er so früh ausmachen, weil später ist er ja beschäftigt. Das ist bestimmt schon einmal vorgekommen. Ich glaube, mich verschwommen erinnern zu können. Mein Herz schlägt unnötig schnell, als ich die richtige Seite endlich finde.

Die Felder sind leer. Die Tage, die Wochen, die Monate. Alles leer. Nur die Geburtstage seiner Söhne, die hat er eingetragen.

Ich weiß, dass ich Hilfe brauche.

Ich suche die WhatsApp-Gruppe mit dem saublöden Namen »Gang« und schreibe: *Könnt ihr herkommen? Vadder ist*, und dann überlege ich, aber es gibt nur ein Wort, *verschwunden.*

# DER ELEFANT

Um zu verstehen, warum ich in diesem Moment so nervös werde, warum ich Hilfe brauche, warum sich in meinem Kopf Dinge abspielen, über die ich lieber nicht sprechen möchte, muss ich vielleicht etwas ausholen.

Es ist in den vergangenen Monaten nicht unbedingt leichter geworden, mit meinem Papa zurechtzukommen. Das wird es wahrscheinlich nie mehr. Aber ein bisschen Hoffnung hatte ich schon, dass jetzt, wo ich voll ins Geschäft einsteigen wollte, ein bisschen Last von ihm abfallen würde und dass ihm das guttun und ihn ein bisschen weniger problematisch machen würde.

Am Tag des Verschwindens ist es, wie gesagt, knapp zwei Monate her, dass Jakob uns beim Abendessen darüber informiert hat, dass er auswandern würde. Nach Neuseeland. Und jetzt ist er tatsächlich fort, genau dort. Als hätte jemand ahnen können, dass der das durchzieht. Neufuckingseeland. Und hier ist es jetzt manchmal so, als würde er nicht mehr existieren, mein Bruder. Das ist so komisch, das kann gar nicht real sein.

Ist es aber.

Vielleicht bin es ja ich, der die Menschen verschwinden lässt. Vielleicht, denke ich, liegt das an mir. Gut, bei Jakob weiß ich wenigstens, wo er steckt und wie ich ihn erreichen kann. Auch wenn das unfassbar weit weg ist.

Ich erinnere mich, wie Papa bei diesem berüchtigten Abendessen vor sich hin gemurmelt hat:

»Wegen einem Mädchen?«

»Ja«, hat Jakob gesagt und ein Mädchen gemeint, das er persönlich noch gar nie getroffen hatte. Nur im Internet und dann per Skype ein Mal, ein paar Mal, immer wieder und schließlich quasi konstant: ein dauerhaft offenes Skypefenster in eine fremde Wohnung eines fremden Mädchens in einem fernen Land in einer ganz anderen Zeitzone. Er klappte sie am Morgen auf, wenn er noch im Bett lag. Wenn er frühstückte, aß sie mit ihm zu Abend, und wenn er am Abend nach Hause kam, sah er ihr beim Aufwachen zu. Eigentlich voll die Stalker-Nummer, finde ich, also ich würd's nicht cool finden, egal, wer die andere Person ist.

Aber Jakob fand's cool und meinte, deswegen würde das Zusammenziehen jetzt gar keinen so großen Unterschied mehr machen.

»Und das soll was werden?«, hat Papa gefragt, leicht an Jakob vorbeischielend, Kartoffelbrei, selbst gemachten, natürlich, nicht aus der Tüte, in sich hineinschaufelnd. Ein bisschen gelber Brei hing an den Spitzen seiner Bartstoppeln.

Jakob zuckte mit den Achseln: »Denke schon, ja.« Und dann: »Ich wollte hier eh nicht ewig weitermachen. Mir hat vielleicht noch der Anlass gefehlt.«

Papa nickte, kaute, ließ den Blick durchs Zimmer schweifen, unser privates Wohnzimmer über dem Speisesaal, wodurch das, was er dann sagte, im Nachhinein zumindest, ziemlich unsinnig erscheint: »Dann kann ich hier auch zumachen.« Was, zumachen, unser Wohnzimmer?

Vielleicht hatte er sogar gehofft, dass sich das erleichtert anhören würde. So wie: Dann habe ich das geschafft und hinter mir und nicht mehr den Klotz am Bein, ich kann endlich in Rente gehen und mir ein Segelboot kaufen und ein schönes Leben machen.

Aber so hat das gar nicht geklungen. Mehr wie: Zuerst lässt mich meine Frau sitzen und jetzt mein Erstgeborener, lassen mich allein mit dem Unternehmen, das ich hier aufgebaut und groß gemacht habe, damit es uns allen besser geht. Wenn das so ist, bin ich eben gescheitert mit dem bisschen, was ich vom Leben wollte.

Ich muss an der Stelle vielleicht dazusagen, dass das mit Mama nun auch schon fünf Jahre her war. Aber unser Vater ist wie ein Elefant, der keine Kränkung jemals vergisst und alles, was ihm angetan wurde von der Welt, in diesem dicken, fleischigen Schädel speichert, auf dem manchmal noch ein paar einzelne weiße Haare auftauchen, als würde er sie züchten. Vielleicht, denke ich, wächst mit jeder Kränkung, die sein Kopf abspeichert, ein neues, unwahrscheinliches Haar aus seinem dicken, fleischigen Schädel.

In Jakobs Semesterferien hatten wir uns die größte Last der Hotelarbeit zuletzt geteilt. Und wenn sein Studium dann im Herbst weiterging, fing eh die Nebensaison an, und Papa und ich, Frau Severin, unsere beste Frau, Marcel, der Gärtner, und Gino, unser Koch, der immer mal von einer seiner zahlreichen Cousinen unterstützt wurde, kamen auch ohne ihn einigermaßen zurecht.

Aber ich erinnere mich auch, wie mir schon nach seinem letzten Abschied aufgefallen war, wie wenig mir eigentlich während Jakobs Anwesenheit aufgefallen war: Papa verbrachte seine Arbeitszeit mittlerweile fast komplett in dem erwähnten fensterlosen Kabuff hinter der Rezeption, seinem Büro, wo er tippend auf den alten Röhrenbildschirm (Windows 98, kein Scheiß!) glotzte, Buchungsanfragen bearbeitete und sich mit Gästen, die eine schlechte Bewertung hinterlassen hatten, in den Kommentarspalten der Buchungsportale aufs Übelste beschimpfte.

– *»Auf ein undankbares Pack wie Sie, das in seinem Leben wahrscheinlich keinen Tag lang ehrlich gearbeitet hat, kann das Hotel Knutt in Zukunft gerne verzichten!«*

– *»Wir laden Sie herzlich ein, uns Ihre erlogenen Frechheiten vor Ort noch einmal ins Gesicht zu sagen. Die Konsequenzen müssen Sie dann selbst tragen wie ein Kerl!!«*

Und vieles Ähnliches mehr.

Das war nicht unbedingt die beste Werbung fürs Hotel Knutt.

Der Rest der Belegschaft strudelte derweil um ihn herum wie Satelliten, und jeder wusste, wann was zu tun war, sodass das stille, fast untätige und immer wieder mal heimlich wütende Dasein des Chefs kaum je von irgendjemand angesprochen wurde.

Dass Jakob weg war, änderte daran nichts. Der Elefant kam nicht mehr heraus. Seine Welt hatte sich in den staubigen alten PC-Screen verlagert. Die Gäste, die ankamen, während ich in der Schule war, mussten oft, sehr oft, auf die kleine silberne Klingel am Tresen drücken, bis ihnen ein widerwilliger, müder Mann ihren Schlüssel aushändigte. Einige von ihnen hinterließen hinterher schlechte Bewertungen auf ihrem Buchungsportal, die der widerwillige, müde Mann wiederum wütend beantwortete.

*Circle of life* sagt man dazu, nehme ich an.

Und wahrscheinlich lag es daran, dass das so versteckt stattfand, und daran, dass es schleichend und nicht von heute auf morgen passierte, und daran, dass ich noch zur Schule ging, und an vielen anderen Gründen, dass es mir oder uns nie so richtig auffiel, dass es kaum noch helle, fröhliche Momente in seinem Leben zu geben schien. Dass der Gastgeber sich nicht mehr daran erfreuen konnte, Gastgeber zu sein. Oder an irgendwas.

Dass aus dem Mann, der sich hier seinen Traum verwirklicht hatte, ein Mann geworden war, den man am Morgen ganz sicher drei Mal auffordern muss, damit er sich schweigend aus dem Bett erhebt, um zum Tierarzt zu fahren.

Man vergisst zu schnell, wie der Mensch eigentlich einmal war, wenn immer noch seine Hülle herumläuft.

# DIE GANG

Ab wann beginnt man damit, einen Menschen zu suchen? Ab wann muss man zur Polizei, eine Vermisstenanzeige aufgeben? Ab wann macht man sich nicht mehr lächerlich, wenn man Angst hat, weil einer verschwunden ist?

Ich sitze mit Frau Severin im Speisesaal und wir haben Pause. Ich duze sie, sage aber Frau Severin. Zum einen, weil ich das immer so gemacht habe, zum anderen, weil ich mir nicht mehr hundertprozentig sicher bin, wie ihr Vorname noch gleich war. Silvia oder Sibylle? Oder Silke vielleicht? Das ist schon saupeinlich.

Frau Severin arbeitet quasi schon immer für uns und trägt dabei schon immer, da bin ich mir ziemlich sicher, genau diese Kittelschürze, hellblau mit weißen Blümchen. In den Taschen, vorn an der Hüfte, hatte sie früher kleine, ziegelsteinharte Maoams, die sie uns mit gelben Gummihandschuhen hinhielt. Irgendwann hat sie wohl beschlossen, dass wir jetzt zu alt wären für Fruchtkaubonbons, Jakob und ich, was natürlich ein großer Quatsch ist. Manchmal kaufte ich mir dann tatsächlich selbst welche von meinem Taschengeld und stellte fest, dass sie wohl erst in den Taschen ihrer Schürze so außergewöhnlich hart wurden.

Frau Severin ist sehr dünn und hat eisengraue Haare. Und obwohl sie meistens diese praktische alte Kittelschürze trägt und oft die gelben Gummihandschuhe dazu, schafft sie es irgendwie, sehr fein zu wirken.

An manchen Tagen klagt sie leise über den vermaledeiten Rücken, und dann schaut sie mich aus traurigen Augen an und sagt: »Ach, Josh, lange werde ich das nicht mehr machen können.«

Und ich sage dann: »Frau Severin, das hast du vor zehn Jahren schon gesagt.«

Niemand kann sich vorstellen, dass sie irgendwann einmal nicht mehr hier arbeiten wird.

Frau Severin ist immer die Erste im Haus, die wach wird, die erste auf den Beinen. Sie bekommt alles mit, weiß alles, kennt das Haus besser als ich. Hat sie was gehört, hat sie vielleicht gesehen, wie er das Hotel verlassen hat? Nein, sagt Frau Severin, nichts. Sie dachte, der verschläft halt mal wieder.

Schon kommt es mir so vor, als würde ich sie verhören. Was natürlich komplett überhaupt gar keinen Sinn macht, weil niemand davon ausgehen würde, dass Frau Severin meinen Vater hat verschwinden lassen.

Oder hat sie? Ist er ihr plötzlich auf die Nerven gegangen mit seiner Art? Hat er ihren Lohn einbehalten wegen irgendwas? Ist zwischen den beiden etwas vorgefallen? Hat sie ihn mit dem Kehrblech erschlagen und im Garten verscharrt? Das alles frage ich natürlich nicht.

»Und gestern Abend?«, frage ich stattdessen. »Hat er da irgendwas gesagt, war er da – keine Ahnung – anders als sonst?«

Sie überlegt lange. So lange und regungslos, dass ich mir nicht sicher bin, ob sie mich vielleicht gar nicht gehört hat und ich die Frage wiederholen muss. Tatsächlich durchforstet sie nur sehr gründlich ihr immer noch hervorragendes Gedächtnis, geht jeden Moment durch, den sie mit Papa an diesem Arbeitstag geteilt hat. Beim Frühstück wenige Worte gewechselt, ihm noch eine Tasse Kaffee eingeschenkt, seiner Einkaufsliste ein Putzmittel hinzugefügt, ihn wie jeden Tag dabei erwischt, wie er an dem kleinen runden Tisch auf der Terrasse, an dem nie jemand saß außer ihm, einen Cognac trank. Sie tippte, wie jeden Tag, mit dem spitzen Fingernagel auf ihre winzige Armbanduhr. Und er tat so, als wüsste er gar nicht, was sie meinte: »Ach … Die Limo.« Und dann lächelte er kurz, ohne fröhlich auszusehen dabei.

So führen die beiden ihren komplizierten Tanz auf, Tag für Tag, fast wortlos, aber irgendwie, finde ich, herzlich und liebevoll miteinander.

»Der war so ganz normal«, sagt sie jetzt. »Das mit dem Hund hat er erzählt.« Sie schaut sich unterm Tisch nach dem Alten Herrn um, aber der liegt wahrscheinlich nebenan in seinem Korb. »Aber eine Sache …«

»Ja?«

»Er ist dann die Kellertreppe hoch mit einer großen Sporttasche.« Sie deutet mit den Armen an, wie groß.

»Eine Sporttasche?«, frage ich.

»Ja. Ich weiß nicht recht. So eine große, vielleicht für Schläger, dachte ich, dass er vielleicht wieder zum Tennis …«

»Tennis«, murmle ich. Das ist ganz schön lange her. Glaube ich zumindest. Schon möglich, dass Papa immer wieder mal spielen ging, während ich in der Schule war oder so, und nichts davon erzählt hat. Sehr unwahrscheinlich, aber möglich.

»Kann ich mir kaum vorstellen«, sage ich, »aber trotzdem, besser wie nichts. Danke, Frau Severin.«

Am Nachmittag kommen Lasse und Fips und Kia. Kia ist auch da, und das finde ich, um es mal vorsichtig auszudrücken: seltsam. Lasse und Fips – das ist die Gang, die ich mit meiner Nachricht alarmiert habe. Sie sind direkt von der Schule hergefahren.

Fips war immer der Kleinste in der Klasse, ein Typ mit roten Haaren, der wahnsinnig viel labert, und deswegen denken manche, die ihn nicht so gut kennen, dass er ein bisschen dumm wäre. Dabei ist Fips in Wahrheit ziemlich schlau. Man muss nur gut zuhören und die wichtigen, richtigen Sachen aus dem Schwall herausfiltern. Fips ist eine Maschine, die sich ununterbrochen immer alle Gedanken zur selben Zeit macht, auch solche, auf die kein anderer kommen würde. Und er möchte Radiomoderator werden oder Dokumentarfilmer oder Friedhofsgärtner, das ist alles ganz genau gleich vorstellbar und wahrscheinlich, in dem Moment, in dem ich darüber nachdenke, auch gar nicht mehr aktuell.

»Tennis?«, sagt Fips jetzt. »Wusste nicht, dass dein Alter ein Tenniscrack ist, aber kann ich mir schon vorstellen irgendwie, wenn diese Masse erst einmal in Bewegung gebracht ist, ist sie nicht mehr aufzuhalten, und was für eine Wucht hinter dieser Vorhand steckt … Wow, davon schwärmt der Stammtisch noch in Jahren.«

»Der hat gepackt«, sagt Lasse in die Stille hinein. Ich nicke.

»Hast du Kaffee?«, fragt Lasse. Ich nicke erneut.

Das ist Lasse, der wenig sagt und heimlich raucht, nicht nur vor seinen Eltern heimlich, sondern auch vor uns, seinen Freunden. Das liegt daran, hat er mir mal erklärt, dass es sich dadurch so anfühlt, als würde er fast nicht rauchen. Es kriegt ja nur eine Person mit, eine Person weniger und er wäre Nichtraucher. Macht irgendwie komplett gar keinen Sinn.

Und eigentlich passt das auch überhaupt nicht zu dem Lasse, den alle in ihm sehen. Er ist das Sportass, irgendwie gut in allem, am besten im Handball. Er will Profi werden, sagt er, und die Eltern und Lehrer glauben, dass er Profi werden wird, wenn er weiter hart an sich arbeitet und sich beim Hart-Arbeiten nicht verletzt. Lasse ist immer müde, nur auf dem Spielfeld wirkt er wach und explosiv, wirft mit seinen langen Armen an allen Gegnern einfach vorbei und ist in seinem Spiel kaum zu verteidigen.

Wir sagen manchmal Lassie zu ihm. Ich bin mir gar nicht mal sicher, ob ihm das schon aufgefallen ist, er reagiert nie darauf.

Das ist die Gang, diese beiden, also wir drei. Diese beiden, denen ich vertraue, die das sofort erfahren und sonst niemand. Und deshalb wundere ich mich jetzt umso mehr darüber, dass Kia auch hier ist.

Und Kia sagt zunächst einmal gar nichts. Und ich frage mich, wie das jetzt kommt, dass Kia hier ist, und ob ich mit Kia überhaupt schon jemals ein Wort gewechselt habe.

»Äh, hi, Ki… Kia …?«

Ich stottere komisch herum, nicht weil ich irgendwie nervös wäre, sondern weil ich gar nicht so genau weiß, wie ich ihren Namen aussprechen soll: Wie Ki-a oder wie Tja? Sie lässt sich nicht anmerken, ob sie mich überhaupt hört. Kia schaut über mich hinweg, fährt mit den Augen scheinbar an der Regenrinne entlang, blinzelt aufgeregt, als müsste sie sehr scharf nachdenken, und notiert dann etwas in ein kleines Buch, das dem Kalender meines Vaters ähnlich sieht. Kia hat die Ermittlungen bereits aufgenommen.

»Hallo, Josh.« Sie sagt tatsächlich *Tschosch*, was ich immer ganz cool finde eigentlich, wenn das einer macht.

»Wollen wir reingehen?«, frage ich alle, aber anscheinend fühlt sich nur Kia angesprochen.

»Gerne.« Sie schreibt wieder etwas auf. »Das wäre bestimmt hilfreich.«

Ich werfe Lasse einen fragenden bis mittelmäßig wütenden Blick zu. Was soll denn das? Ich habe hier ein ernsthaftes Problem und alarmiere wirklich nur meine allerbesten Freunde, und die beiden haben nichts Besseres zu tun, als mir noch die Spinnerin ins Haus zu schleppen.

Denn um das an dieser Stelle vielleicht einmal ganz klar zu sagen: Kia ist nicht von dieser Welt. So viel zumindest ist unstrittig. Oder anders: Kia hat mittelschwer einen an der Waffel. Was ich über sie weiß, ist, dass ihre Eltern aus Finnland kommen und dass ihre Mutter ihre Pullover und Socken strickt, wogegen natürlich erst mal gar nichts einzuwenden ist. Sieht sogar so halbwegs cool aus. Außerdem heißt es allerdings, dass ihre Mutter auf Wunsch Kontakt zu den Toten herstellen könnte, toten Menschen und Tieren. Ich glaube, das ist so etwas wie ihr Beruf.

In der Schule hat Kia immer so Wissenschaftshefte dabei, die sie unter der Bank liest und die gar nicht mal so wissenschaftlich aussehen. Laut der Schlagzeilen, die vorn auf den Titelblättern stehen, geht es in den Artikeln gerne mal um spektakuläre Sichtungen von bislang unentdeckten oder scheinbar ausgestorbenen Tieren/Monstern, um die neusten Erfindungen, die zum Beispiel das ewige Leben ermöglichen, um die geheimen Archive irgendwelcher Mönchsorden und, immer wieder, um Außerirdische, die Kontakt zur Erde aufgenommen haben:

*Wie die Aliens den Menschen die Bibel diktierten*

*Sie sind da: Aliens im Weißen Haus!*

*Schock! Jetzt reden alle über diese Nachricht vom Saturn!*

Und dann denkt man sich: Nein, Mann, stimmt gar nicht, ausschließlich und nur du, liebe Kia, redest darüber. Aber wahrscheinlich kennt Kia noch ein paar andere Vögel, die sich gerne über die Nachricht vom Saturn austauschen wollen, in irgendwelchen Onlineforen oder so.

Kia meldete sich besonders gerne im Biounterricht, um unseren Lehrer beispielsweise über die neusten, äh, »Forschungsergebnisse« zum Thema Fotosynthese aufzuklären. Die meisten Lehrer ignorierten das meistens einfach. Kia schien das nicht weiter zu stören. Sie wollte nur, dass wir, ihre uninformierten Mitschüler, davon wenigstens mal gehört hatten.

»Niemand muss blöd sterben«, das war so ein Spruch von ihr. Und Heiko, der ein fieser Sack ist, hat darauf dann standardmäßig geantwortet: »Alter, Kia, so blöd wie du kann gar keiner sein.« So ein Scheiß, das gehört wahrscheinlich zu den Dingen, die ich nicht vermissen werde in Bezug auf die Schule. So viel Bullshit-Gelaber.

Also, das jedenfalls ist Kia, und es ist mir neu, dass wir uns mit ihr angefreundet hätten, und genau das versuche ich mit dem Blick zu sagen, den ich jetzt Lasse zuwerfe.

Und den auch Fips sieht, der seinen Mund nicht halten kann und sagt: »Ja, also, Kia hat das auch mitbekommen, vielleicht weil ich da kommunikationsmäßig ein bisschen flott unterwegs gewesen bin, und Kia hat sozusagen auch so ein paar Ideen zu dem Thema, und da dachte ich, es wäre vielleicht nicht verkehrt, gerade jetzt, gerade am Anfang, alle Möglichkeiten und Eventualitäten mit einzubeziehen und nichts auszuschließen und mit allen Hirnen zu denken, die uns zur Verfügung stehen. Je mehr Hirn, desto schlau, oder?«

Während er »Hirn« sagt, macht Fips so eine umarmende Bewegung, als würde er unsere Hirne tatsächlich in den Händen halten und fest zusammendrücken.

»Hä«, sage ich.

Kia rückt ihre große halbrunde Brille zurecht, bei der man auch nicht so genau weiß, ob die echt nerdy ist oder hip oder beides. Sie guckt aus der Brille, denke ich, wie ein Fisch aus dem Aquarium. Und sie hat sicher, denke ich, einige schwachsinnige Ideen, wohin der Herr Vahrenhorst verschwunden sein könnte, Ideen, für die wir so gar keine Zeit haben jetzt, weil das hier eben kein Seminar in Bullshit ist, sondern Ernst.

»Aber vielleicht bleiben wir jetzt zunächst einmal bei, bei

dieser, äh, Tennissache«, sagt Fips schnell, und dann sieht er kurz mich an und dann lange Kia und fragt: »Ist das für alle okay so?« Und Kia nickt, während Lasse sich müde und genervt die Augenbrauen reibt und auf der Bank niederlässt.

Ich bin mir nicht mehr hundertprozentig sicher, ob das mit der Gang eine gute Idee war. Ob die hilfreich sein können. Was das überhaupt für eine Gang sein soll.

Ob Frau Severin und ich, ob das nicht die bessere Gang gewesen wäre.

Ich nicke ebenfalls und wende mich ab. Erst mal Kaffee machen.

# MAMA

Wenn man meinen Vater fragen würde, wann das alles angefangen hat, würde er sagen: Als eure Mutter gegangen ist. Und andersherum würde Mama, wenn sie könnte, wahrscheinlich sagen, dass sie damals gegangen ist, weil das angefangen hat.

Es ist komisch, dass ich mich nicht daran erinnern kann, dass die beiden jemals gestritten hätten. Aber was ich weiß, ist, dass sie sich damals Schritt für Schritt aus dem gemeinsamen Leben mit uns entfernt hat. Zuerst hörte sie damit auf, Papa bei der Buchhaltung zu helfen, Briefe abzuheften, Rechnungen zu schreiben und zu bezahlen, Steuersachen zu klären, was weiß ich. Sie wollte lieber in ein Kurbad fahren und neue Behandlungen mit Schlamm und solche Dinge ausprobieren.

Ich erinnere mich, dass es immer häufiger vorkam, dass sie nicht zum Essen erschien. Papa hatte das Kochen für sich entdeckt. Er kaufte Gewürze mit Namen, die er noch nie zuvor gehört hatte, Piment oder Sumach, und experimentierte damit herum, wobei die Gerichte, die er eigentlich konnte und jetzt aufpeppen wollte, ziemlich deutsch waren, Frikadellen, Hühnersuppe, Kartoffelgratin. Das führte zu seltsamen und nicht immer guten Kombinationen.

Aber manchmal gelang ihm etwas besonders gut, ein karibisch gewürzter Fisch zum Beispiel, und selbst wenn er wusste, dass seine Frau sich vorher noch bei einer Akupunktur-Session befand, ging er davon aus, dass sie bis halb sieben, spätestens sieben zu Hause wäre. Er hoffte, sie würde sich darüber freuen, dass er etwas gekocht hatte. Er kochte vielleicht auch ein bisschen um sie.

Wir trafen uns pünktlich am gedeckten Esstisch. Wir schauten heimlich auf die tickende Uhr an der Wand. Wir standen wieder auf und setzten uns schweigend vor den Fernseher. Wir warteten bis halb acht, manchmal bis acht, und aßen dann einen ziemlich trockenen, karibisch gewürzten Fisch.

Und wenn Jakob ihm dann sagte, dass das doch gut gelungen sei, schüttelte Papa nur stumm mit dem Kopf.

Und wenn ich dann fragte, wo Mama sei, sagte er so etwas wie: »Die wird sich irgendwo verplappert haben. Ihr wisst ja, wie sie ist.«

Und in dem Moment, klar, da war ich zehn oder so, hatte ich keinen Grund, daran zu zweifeln, dass sie sich irgendwo verplappert hatte. Ob mein Bruder genauso blöd war, weiß ich nicht.

Es gab diese eine Nacht, in der ich zum ersten Mal davon aufwachte, dass ein ziemlich lautes Auto an der Straße vor dem Hotel hielt. Es blubberte vor sich hin. Sogar das Ziehen der Handbremse konnte man bis hier oben hören. Das Schlagen der Tür, schnelle Schritte auf dem Schotter, unsere schwere Eingangstür, die wummernd ins Schloss fiel. Und vielleicht dachte ich, dass Mama jetzt von jemandem, mit dem sie sich verplappert hatte, heimgefahren worden war. Und wahrscheinlich dachte ich gar nichts, sondern schlief schon längst wieder.

Erst als mir die Abfolge der Geräusche schon bekannt war, also beim vierten oder fünften Mal, stand ich auf und sah hinunter auf die Straße, wo ich ein sportliches, wahrscheinlich grünes Auto mit runder Schnauze erkannte.

Meine Mutter wand sich aus dem tief liegenden Auto und sah ganz komisch ungeschickt dabei aus. Ihre linke Hand blieb noch etwas länger im Innern des Autos, als würde sie zurückgehalten werden. Aber sie schüttelte nur den Kopf und drehte sich nicht um. Sobald sie draußen war, bewegte sie sich zielstrebig und so, als würde sie beobachtet werden, als müsste sie dem Lichtkegel der Straßenlaterne ausweichen und möglichst schnell aus dem Blickfeld aller Gäste und Familienmitglieder verschwinden. Hastig und unnormal schwungvoll.

Wenn ich das jetzt noch einmal vor meinem inneren Auge abspiele, verstehe ich natürlich, dass man sich so bewegt, wenn man betrunken ist und das möglichst elegant verbergen möchte. Man glaubt, sich sehr normal und sicher zu bewegen, und dann übertreibt man es mit allem.

Das Schlimmste ist, daran zu denken, dass mein Vater in dem Moment möglicherweise genauso wie ich am Fenster stand und hinunterschaute und dabei wahrscheinlich viel mehr begriff als ich, der noch gar nicht so genau wusste, was Sex überhaupt ist oder Betrug. Aber dass hier etwas nicht okay war und dass ihm das wehtun musste, so viel zumindest verstand ich. Er hatte schließlich was gekocht.

Als meine Eltern sich kennengelernt hatten, war meine Mutter selbst ein Gast in diesem Hotel gewesen. Ein siebzehnjähriges Mädchen mit frech wippendem Zopf, das ein Mal, nur ein Mal noch mit den Eltern in Urlaub fahren musste. Sie erzählte das später oft: Wie sehr sie daheim darum gekämpft hatte, nicht mitfahren zu müssen. Sie warf im Streit mit allen Sofakissen um sich. Sie versuchte, in den Hungerstreik zu treten, schlich sich dann aber jede Nacht mit knurrendem Magen in die Küche, was ihre Eltern natürlich hörten, weshalb sie sich keine Sorgen mehr zu machen brauchten. Sie verhandelte, heulte und bettelte, und ihre Eltern, unsere Großeltern, gaben ihr stoisch und wochenlang dieselbe Antwort:

»Das eine Mal kommst du noch mit, das überlebst du schon.«

Sie hatte wegen dieses Alte-Menschen-Urlaubs im Kurort am Meer die Geburtstagsfeier ihrer besten Freundin verpasst. Dafür hatte sie den jungen Chef des Alte-Menschen-Hotels kennengelernt. Auch nur acht Jahre älter als sie, groß, gut gebaut, seltsamer Haarausfall, weit auseinanderstehende riesige Zähne, Zähne wie Dominosteine.

Sie sagte immer: »Schön war er nicht, aber interessant. Und wie der gelächelt hat, euer Vater, das ging mir nicht mehr aus dem Kopf raus.«

Ich glaube, sie hat uns diese Geschichte so oft erzählt, um uns früh einzuschärfen, dass die Eltern immer die Schlaueren sind und dass man so einen Urlaub gegen den eigenen Willen manchmal ziemlich beschissen findet. Aber dann lernt man dort vielleicht den Menschen kennen, den man heiratet und mit dem man Kinder bekommt.

»Also. Wenn Oma und Opa mich nicht gezwungen hätten, würdet ihr beiden heute gar nicht hier sitzen. So ist das nämlich.«

Zuerst fuhr sie heimlich zurück in den Kurort, behauptete, sie würde das Wochenende bei einer Freundin verbringen oder mit dem Volleyballverein wegfahren. Gut möglich, dass Oma und Opa etwas ahnten und sie machen ließen. Irgendwann sagte sie, dass sie doch nicht Kunstgeschichte studieren, sondern eine Ausbildung machen und in den Betrieb einsteigen wollte. Welchen Betrieb? Vom Frank Vahrenhorst. Das Hotel, in dem sie so viele Sommer verbracht hatten.

Sie war eigensinnig. Unsere Mutter verhandelte nicht, wenn sie sich etwas in den Kopf gesetzt hatte. Aber was sollten Oma und Opa auch sagen. Sie fanden den Betrieb ja offenbar sehr gut, so gut, dass sie jedes Jahr dorthin fuhren.

Viele Jahre und zwei Söhne später lernte Mama dann in einem anderen Kurbad den Mann mit dem Sportwagen kennen, für den sie den Mann mit den Dominozähnen verlassen würde.

Dieser andere Typ, der uns später als Hugo vorgestellt wurde, war sehr schlank, trug immer wallende weiße Leinenklamotten, Hemden mit Holzknöpfen und hatte auf den ersten Blick fast ebenso wenig Haare wie unser Vater, am Hinterkopf aber einen überraschenden Zopf. Mein Bruder sagte, was ich gern überhört hätte, dass er ziemlich sicher sei, er hätte diesen Hugo schon einmal in einem Porno gesehen. Hugo Huge. Das stimmte sicherlich nicht, ich wollte es aber, aus naheliegenden Gründen, auch nicht überprüfen.

Es begann die Zeit, in der sie die Wochenenden nicht mehr mit uns, sondern mit Hugo verbrachte. Das war kein echtes Geheimnis, auch wenn ich mich nicht wirklich daran erinnern kann, dass es irgendwann einmal formuliert worden wäre. Die Tatsache war wie über Nacht in unser Bewusstsein gesickert. Natürlich nicht wirklich gesickert und über Nacht, aber na ja.

Hugo jedenfalls war Antiquitätenhändler und hatte ein Gehöft auf dem flachen Land geerbt. Ich bin nie dort gewesen, aber ich stellte es mir abwechselnd vor wie ein prunkvoll ausgestattetes Schloss und wie eine Müllkippe, auf der sich kaputte Schuhschränke stapeln. Papa erduldete das schweigend. Er trug ihr die gepackte Tasche bis vor die Tür, stellte sie neben dem Schirmständer ab und drehte der Tür sofort den Rücken zu, um auf keinen Fall in Gefahr zu geraten, Hugo gegenüberzustehen, Hugo vielleicht sogar die Hand schütteln zu müssen.

Es war, als würde er davon ausgehen, er müsste sich nur lange genug anständig verhalten oder so, wie er glaubte, dass anständig ginge, damit sie wieder vernünftig würde und zu ihm zurückkäme.

Einmal kam ich gerade von der Schule. Die beiden hörten mich nicht, und ich verstand sofort, dass ich sie jetzt bei einer ihrer Verabschiedungen erwischte, die sie sonst immer heimlich hinter sich brachten. Mein Vater hielt lasch ihre Hand. Mein großer, schwerer Vater wirkte ganz klein, wie ein Schuljunge, der dabei erwischt worden war, dass er die Hausaufgaben abgeschrieben hatte.

»Karin«, sagte er.

Sie schüttelte den Kopf mit dieser kurzen, kantigen Bewegung, wie ich sie auch an Hugos Auto beobachtet hatte. Zack, schüttel.

»Bleib da«, sagte er.

»Das willst du nicht«, sagte sie, legte ihm kurz die Hand, die sie aus seiner gelöst hatte, auf die Wange, drehte sich um und ging.

Wie oft wir sie danach noch gesehen haben, weiß ich nicht, ich kann es an einer Hand abzählen.

# TENNIS

Die Blätter an den Bäumen sind noch grün und trotzdem liegen schon braungelbe Laubhaufen am Rand des roten Tennisplatzes. Der Tennisplatz ist immer ein bisschen feucht, im Tennisverein ist immer Herbst und im Herbst ihres Lebens stecken auch die Spieler.

Wenn man Spiele von Djokovic und Federer und den anderen im Fernsehen gesehen hat und dann hier am Zaun steht, kommt es einem so vor, als würde man das Spiel in Zeitlupe verfolgen. Jeder Schritt ruckelt so vor sich hin, jeder Schlag ist eher ein Schieben des Balls als ein Schlag, und wenn die Spieler kurz stehen bleiben, sieht es so aus, als würde der Wind sie jeden Moment umwehen.

Die meisten sind halt ein bisschen älter. Das will ich damit sagen. Und als ich den Gedanken mit der Zeitlupe mit den anderen teile, stimmen mir zwar alle zu, aber Lasse sagt auch, dass ich die Klappe halten soll, weil ich erstens nie selbst gespielt hätte und das da zweitens seine Mutter sei.

Stimmt ja, jetzt erkenne ich sie auch. Lasses Mutter heißt Birgit, hat einen dunkelrot gefärbten Helm als Frisur und macht ein leises Geräusch wie ein pfeifendes Hüsteln – üchh –, wenn sie nach dem Ball haut. Das gefällt mir ganz gut. Und es ist auch ganz gut, dass Birgit da ist, auch wenn sie uns noch gar nicht bemerkt hat. Die können wir fragen, die kennt Papa, die war früher so etwas wie eine Freundin, zumindest eine gute Bekannte meiner Eltern, die mit Lasses Vater mal auf ein Glas Wein auf der Terrasse vorbeikam oder sich mit meiner Mutter für Kurse seltsamer neuer Sportarten aus den USA anmeldete.

Also stehen wir hinter einer hüfthohen, akkurat gestutzten Hecke am Spielfeldrand und wissen nicht so recht, was wir tun sollen. Birgit legt sich ordentlich ins Zeug gegen einen Mann mit Bowlingkugel-Bauch und blonder Föhnfrisur, die sich im Nacken kräuselt. Ich glaube, er trägt sogar eine Goldkette. Ich bin mir einerseits hundertprozentig sicher, dass wir uns im Jahr 2019 befinden, andererseits bekommt man, wenn man genau an dieser Stelle steht, dieses komische Gefühl, als hätte man eine Zeitreise gemacht, ins Jahr 1982 oder so. Wenn man zum richtigen Zeitpunkt genau hier steht, denke ich, ist dieser Ort wie eine Zeitkapsel und …

Ein schriller Pfiff reißt mich aus meinen Gedanken. Mein Kumpel Fips steht auf einmal direkt am Netz und fuchtelt mit den Armen. Er hat eine Trillerpfeife im Mund. Birgit und der blonde Mann sind erstarrt, der Ball kullert hinter ihr in Richtung Auslinie, Fips winkt beiden, dann fällt ihm wieder ein, wie das Time-out-Zeichen geht, ein T aus beiden Handflächen.

»Foul! Äh, stopp! Pause, Halbzeit!«

Der Blonde lacht röchelnd: »Was willst du Heini denn jetzt?«

Birgit: »Philipp?« Dann schweift ihr Blick, sie erkennt ihren Sohn, mich, Kia. »Huhu!«, ruft Birgit und winkt. Sie lächelt so breit, dass wir ihre goldenen Kronen blinken sehen können.

»Können wir ganz kurz …?«, fragt Fips, und Birgit macht eine beschwichtigende Geste in Richtung ihres Trainingspartners, der sich trotzig auf den Boden fallen lässt.

Als Birgit wissen will, was los ist, es sei doch wohl hoffentlich nichts passiert, was wir denn hier zu suchen hätten, deutet Fips lässig mit dem Daumen auf mich, und sofort komme ich mir so unendlich dämlich vor. Wie lange ist es jetzt her, dass mein Vater verschwunden ist? Vielleicht sieben, acht Stunden, je nachdem, um wie viel Uhr das Verschwinden passiert ist … Der kleine Josh möchte bitte am Tennisclub abgeholt werden. Hallo, haben Sie meinen Papi gesehen?

Aber so ist das nicht, wahrscheinlich nicht, wenn es um Frank geht. Das wissen Fips und Lasse, das weiß auch Birgit.

Birgit bestellt Spezi für uns und Wasser für sich. Wir sitzen unter vergilbten Sonnenschirmen und wissen nicht, wo wir hinschauen sollen. Unter ihrem dunkelroten Haaransatz glitzern Schweißtropfen. Ihre Wangen sind ebenfalls rot von der Bewegung, aber sie wirkt noch frisch und fit und wach und sie überlegt.

»Verschwunden, sagst du.«

Ich nicke.

»Und jetzt wollt ihr Detektive spielen? Äh, wie hießen die noch mal … drei Fragezeichen, nicht?«

»Wir dachten nur …«, stammle ich.

Fips fällt mir ins Wort: »Dass man etwas unternehmen sollte. Und wenn wir jetzt gleich zur Polizei rennen, also …

da können oder würden die auch nichts machen, nur weil ein erwachsener Mann gerade nicht zu erreichen ist. Oder?«

Er schaut uns fragend an, wir zucken mit den Schultern. »Weil, das ist ja auch gar nicht verboten, anderswo zu sein, als die anderen denken, dass man wäre. Man darf überall sein, will ich sagen, und muss sich nicht abmelden. Also dachten wir, es wäre doch besser, wenn wir etwas tun können, also das, was wir tun können, also wenigstens dem einen Hinweis nachgehen, und dann klärt sich das alles vielleicht ganz schnell, und«, er klopft mir auf die Schulter, »unser Joshi kann nachts wieder ruhig schlafen.«

Birgit nickt und faltet nachdenklich eine Papierserviette, die auf dem schmutzigen Plastiktisch lag, zu einem gleichschenkligen Dreieck … Ich blinzle in die Sonne. Im Gegenlicht lässt der Blonde seinen Tennisball auf dem Schläger springen. Wie ein ungeduldiger Junge, der jetzt schmollt.

»Hier gewesen ist Frank jedenfalls nicht«, sagt Birgit, »sicher nicht«, sie überlegt, »bestimmt zehn, fünfzehn Jahre nicht.«

Birgit will uns offenbar wirklich helfen. Und natürlich hoffe ich, dass sie jeden Moment sagt, dass ich mir gar keine Sorgen machen müsste, weil jetzt gerade sei es ihr doch wieder eingefallen, dass mein Papa ja versprochen habe, ihrer guten Freundin namens soundso beim Umzug zu helfen. Solche Worte würde ich ihr gerne in den Mund legen.

Stattdessen sagt sie: »Na ja. Schon komisch.«

Gut, denke ich, da wären wir auch alleine draufgekommen, den Weg hätten wir uns sparen können.

»Tut mir wirklich leid, Jungs, aber ich glaube, ich kann euch so gar nicht helfen.«

»Vielleicht ist Ihnen ja sonst etwas aufgefallen.« Und das ist jetzt Kia, die bereits ihren Kugelschreiber gezückt hat und an dessen Ende herumkaut.

Birgit guckt überrascht: »Wir wurden uns noch gar nicht vorgestellt, oder?«

»Das ist Kia«, sagen Lasse und Fips fast gleichzeitig, aber dann doch so versetzt, dass Birgit unmöglich verstanden haben kann, wie das blonde Mädchen nun genau heißt. K-K-ja. Ist aber auch egal.

»Also zum Beispiel«, sagt Kia und schaut auf ihren Block, »nächtliche Geräusche wie von alten Trompeten, ein Rauschen, metallisches Schlagen? Wie weit leben Sie vom Hotel entfernt? Sind Ihnen in der Gegend Pflanzen oder eher Pilze aufgefallen, die Ihnen dort noch nie aufgefallen sind, die Ihnen vielleicht sogar unbekannt vorgekommen sind? Sind Sie in letzter Zeit manchmal plötzlich zu ungewöhnlichen Uhrzeiten wach geworden und konnten nicht sagen, warum?«

Birgit schaut – es ist schwer, diesen Blick zu deuten – einerseits belustigt, andererseits auch verärgert. Gut möglich, dass sie sich jetzt fragt, ob wir sie eigentlich die ganze Zeit nur verarschen wollten. Ob mein Papa wohl in diesem Moment im Hotel an der Rezeption sitzt und ihrem Sohn und seinen komischen Freunden einfach nur langweilig war. Sie könnte schnell dort anrufen, um das zu überprüfen. Sie blinzelt, runzelt die Stirn, Kia wartet gespannt auf eine Antwort.

Birgit schüttelt so hektisch den Kopf, dass sich eine rote Strähne aus ihrer massiven Frisur löst. »Nein, nein, damit kann ich nicht dienen«, sie spricht jetzt ganz leise und langsam. »Aber vielleicht ist mir doch noch etwas … Joshua, kann ich kurz mit dir unter vier Augen …?«

Birgit steht auf, ohne meine Antwort abzuwarten, und geht voraus ins Innere des Vereinsheims, ein großer Raum, in dem in manchen Ecken goldene Pokale blinken, auch wenn, wegen der heruntergelassenen Rollos, nur einzelne Lichtstrahlen eindringen, in denen Staubkörner und Pollen tanzen.

»Keine Ahnung, was das sollte«, sage ich schnell, um mich für Kia zu entschuldigen. »Mir ist das alles total peinlich –«

Birgit unterbricht mich:

»Das ist schon ein paar Jahre her, aber du erinnerst dich doch bestimmt, als dein Vater …« Sie presst die Lippen aufeinander und bringt den Satz nicht zu Ende. Sie wiegt ihren Kopf hin und her und schaut mich an, als müsste ich wissen, wovon sie spricht.

»Als …?«

»Na ja, als Fränky sich, als er ins, in die, ach Mann, wie sagt man denn heutzutage?«

»Klinik«, sage ich.

Birgit steckt die Strähne zurück in den rostroten Helm. »Ja. Als Frank damals in die Klinik ist, da hat er das ja auch selbst gemacht, wie ich das erinnere, einfach von einem Tag auf den anderen, nicht?«

»Ja«, antworte ich, »stimmt, das war mir noch gar nicht gekommen …«

Ich wundere mich tatsächlich über den blinden Fleck in meinem Gedächtnis, warum ich da nicht schon selbst draufgekommen bin, warum das nicht das Erste war, woran ich gedacht habe. Und auf einmal macht sogar die Sporttasche Sinn, in der er wahrscheinlich Klamotten, Zahnbürste, die Wochenendausgabe der Zeitung mitgenommen hat. Und dass er keinen Ton gesagt hat, na ja …

Man verdrängt so etwas, so eine Erinnerung, natürlich auch, gerade wenn sie besonders unangenehm ist. Man spricht lieber nicht darüber, man tut so, als wäre es nie passiert. Man tut so lange so, bis man es vielleicht sogar glaubt. Und dadurch verschwindet dieser Ort, die Klinik, und wird wieder, was für die Patienten vielleicht ganz gut ist, das perfekte Versteck.

Als ich wieder nach draußen treten will, zu den anderen, hält Birgit mich plötzlich an der Schulter zurück: »Tut mir ehrlich leid«, sagt sie.

»Was genau jetzt?«

Birgit überlegt: »Wir haben euch, glaube ich, ganz schön alleingelassen. Seit deine Mutter …«

Der Moment ist unendlich unangenehm. Die Mutter meines besten Freundes steht sehr nahe an mir dran, ich kann ihren Tennisschweiß riechen und die blonden Härchen über ihrer Oberlippe sehen, und sie schaut mir tief und verständnisvoll in die Augen, als könnte sie damit irgendetwas wiedergutmachen, und ich weiß nicht, was sie von mir erwartet, was eine angemessene Antwort wäre.

Ich sage nichts und drehe mich um und bleibe doch auf der Schwelle zur Terrasse stehen, Birgit neben mir. Und es ist, als würde eine stille Übereinkunft herrschen, dass wir uns die Szene, die uns hier geboten wird, erst einmal in Ruhe anschauen werden.

Der Blonde, ihr Tennispartner, erscheint jetzt wie eine Skulptur auf dem Platz, ein bisschen so ähnlich wie die Schlange, die einen Elefanten gegessen hat in diesem Kleiner-Prinz-Buch. Er liegt auf dem Rücken, sein Bauch hebt und senkt sich, er scheint eingeschlafen zu sein. Und da ist Fips, der sich, während sich Lasse und Kia bereits in Sicherheit gebracht haben, an den Mann anschleicht. Ich nehme ein Zucken im Augenwinkel wahr, weil Birgit wahrscheinlich kurz überlegt dazwischenzugehen und sich dann doch dagegen entscheidet.

Fips hält etwas in der Hand, das zuerst nicht klar zu identifizieren und dann doch eindeutig ein Ballon ist, eine Wasserbombe beziehungsweise, um ehrlich zu sein, ein Kondom. Ich nehme an, es gibt hier irgendwo so einen ekligen alten Automaten, aus dem er das gezogen hat. Und dann hat er es mit viel, viel Wasser gefüllt und das alles in der kurzen Zeit, in der ich mit Birgit drinnen saß, und jetzt hat er sich auf Zehenspitzen bis auf etwa drei, vier Meter seinem Ziel genähert.

Was glaubt der, wie das endet?

Und dann wirft er, er wirft das Kondom hoch, der ovale, wabernde Ballon beschreibt einen hohen Bogen durch die Luft, Sonnenstrahlen brechen sich im Wasser darin, das Gebilde dreht sich um sich selbst und saust dann schnell hinab und knallt dem Blonden direkt auf die Nasenwurzel, die Stelle, wo die Nase in die Stirn übergeht, wo der Ballon natürlich nicht zerplatzt wie eine Wasserbombe. Er springt noch einmal hoch, der Blonde wacht auf, das Kondom landet neben ihm auf dem Platz und öffnet sich dann doch. Der glitschige Knoten hat sich gelöst und der Sportler ist nass und etwas schmierig im Gesicht und Fips schon hinterm Zaun bei den anderen und fort. Ich kann ihr Gelächter hören, aber sie sind nicht mehr zu sehen.

Na, schönen Dank auch, Freunde.

# DER FLECK

Ich bin ein bisschen sauer, während ich allein vom Tennisplatz zurücklaufe, ein bisschen sauer und ziemlich ratlos. Nein, halt, das stimmt nicht. Ich bin nicht *ein bisschen* sauer, ich bin ziemlich sauer, massiv sauer. Das letzte Mal so wütend war ich wahrscheinlich vor etwa zwei Wochen, als sich der schmierige Daddy der Familie, die sich in jedem Sommer mit Zustellbett unters Dach einbucht, wo es – im Sommer! – natürlich ziemlich heiß wird, wie in jedem Sommer darüber beschwert hat, also genau darüber, was er ja eigentlich wissen müsste und … Egal, das hier ist anders.

Ich male mir aus, wie meine zwei besten Freunde und das Weirdo-Mädchen, mit dem sie mich anscheinend ersetzt haben, nach ihrem tollen Kondom-Streich lachend davongerannt sind, sonst wohin, in die Wälder, an den Strand, was weiß ich, und bei all dem Spaß schnell vergessen haben, was sie überhaupt gerade am Tennisplatz verloren hatten und dass sie eigentlich zu viert gewesen waren und wer ich überhaupt bin.

Die Szenen, die meine spaßhabenden Freunde zeigen, spielen sich in meinem Kopf ab wie ein Film, und ich schaue zu und werde immer wütender. Wütend auf meine Freunde und wütend auf meinen Vater und wütend auf mich selbst, weil ich so langsam und träge bin und so dumm, dass ich noch nicht einmal daran gedacht habe, den Hund mitzunehmen, wenn ich schon rausgehe.

Für Probleme, denke ich, bin ich nicht gemacht. Da gibt es Bessere.

Die ganze Welt hat die stille Übereinkunft getroffen, mir kollektiv auf die Nerven zu gehen. Ich mache da nicht mehr mit. Ich muss da doch nicht mehr mitmachen. Warum soll ich den alten Deppen denn suchen, wenn er beschließt, sich aus dem Nichts vom Acker zu machen? Wann hat er denn zum letzten Mal etwas für mich getan? Wann ist er beispielsweise mal – Mindestanforderung! – freundlich gewesen? Warum soll ich mich um dieses blödsinnige Hotel kümmern, warum soll es mir denn nicht am Arsch vorbeigehen, wie es den Leuten geht, die genug Kohle übrig haben, um aus ihren verblödeten Kuhkäffern in den Bergen hierher zu uns zu fahren? Ich kenn die doch gar nicht! Warum soll ich eigentlich diesen Laden, den keiner braucht, am Laufen halten, anstatt wie jeder normale Dude Abi zu machen und dann irgendwie, was weiß ich, Lehramt in Hamburg zu studieren oder so? Warum darf jeder in Ruhe einfach sein Ding machen und jung sein und ich bin der Arsch?

Und warum in Gottes Namen soll ich mich mit solchen Menschen wie Lasse und Fips abgeben wollen, die anscheinend überhaupt nicht dazu in der Lage sind zu verstehen, in was für einer dramatisch beschissenen Situation ich mich gerade befinde?

All diese Gedanken und Fragen, der ganze Shit prasselt gleichzeitig auf mich ein, während ich mich noch immer auf dem Weg nach Hause, zum Hotel, befinde, wo ich dann – na ja, noch keinen Plan. Ich weiß überhaupt nicht, wohin mit all diesem Zorn, der mich richtig überschwemmt, und gerade spiele ich mit dem Gedanken, unseren eigenen Hotelbriefkasten mit einem beherzten Tritt von seinem Briefkastenpfosten zu befördern, einfach um irgendetwas anzustellen mit dieser überschüssigen Energie, als ich sie sehe.

Sie sind natürlich da. Alle drei. Vom Tennisplatz weggerannt und nicht in die Wälder oder an den Strand, sondern direkt hierher, wohin auch sonst. Wie hatte ich je etwas anderes denken können?

Kia sitzt auf dem Platz, an dem mein Vater jetzt vielleicht Cognac trinken würde, wäre er nicht verschwunden, und sie schreibt wieder etwas in ihr Notizbuch und kratzt sich zwischendurch mit dem Stift an der rechten Augenbraue. Lasse liegt in der Wiese und scheint tatsächlich eingeschlafen zu sein in der kurzen Zeit, denn eine Fliege tastet sich in Richtung seiner Nasenlöcher vor, was er einfach geschehen lässt wie so ein meditierender Mönch. Und Fips, Fips hockt, ruhelos, wie er immer war und sein wird, an der Auffahrt zu den Garagen und zupft das Moos aus den Fugen. Vielleicht ist das gar nicht seine Ruhelosigkeit. Er weiß, dass mein Vater das Moos zwischen den Fugen hasst. Es ist, als würde er versuchen, ihn auf diese Weise zur Rückkehr zu überreden.

Und wie er und Kia mich jetzt anschauen und Lasse einfach weiterschläft, als ich hier, entschuldigend den Briefkasten tätschelnd, um die Ecke biege, kommt es mir für einen kurzen Moment so vor, als wären wir vier die letzten Menschen auf der Erde. Die übrigen vier, die die Apokalypse überstanden haben und jetzt an diesem schönen Ort ein neues Leben anfangen dürfen.

Fips macht das Gelände urbar, damit wir hier unsere Nahrung anpflanzen können. Kia schmiedet Pläne und teilt uns in Arbeitsschichten ein. Und Lasse ruht. Auch wichtig.

Fips heftet seinen Blick auf mich und zieht die Augenbrauen hoch: »Es wird Zeit.«

»Zeit wofür?«

»Kaffee«, murmelt Lasse schlaftrunken.

»Zeit, einen Plan zu machen«, sagt Fips. Er zieht sein Handy aus der Tasche, schaut auf die Uhr, überlegt. »Hat Lasses Mom doch noch irgendwas gewusst?«

»Nee«, sage ich sofort. »Nix, was uns gerade weiterhilft.«

»Stark«, antwortet Lasse.

»Also doch so langsam zur Polizei vielleicht …? Was meinst du?«, fragt Fips.

»Nee«, sage ich wieder. »Nee … das … nee, noch nicht.«

»Okay«, sagt Fips, »dann gehen wir mal, damit wir eine Chance haben, davon aus, dass ihn irgendjemand gesehen, dass irgendjemand mit ihm gesprochen hat. Wir sollten das Haus nach Hinweisen durchsuchen.«

»Aber vorsichtig.«

Das war Kia, die von ihrem Notizbuch aufsieht. Ich habe keinen Plan, ob sie in das Notizbuch Sachen reinschreibt, die etwas mit unserem Problem hier zu tun haben, oder ob sie die ganze Zeit nur Sonnenblumen malt. Na ja, danach sieht es nicht aus.

Jetzt blickt sie in drei fragende Gesichter. Fips reagiert natürlich wieder als Erstes: »Du meinst, wegen der Beweise und Fingerabdrücke und so …«

Und Kia fällt ihm ins Wort: »Wegen der nicht sichtbaren Spuren, die wahrscheinlich hinterlassen wurden.« Sie macht eine Pause, kratzt mit dem Stift ihre Augenbraue und überlegt anscheinend, wie sie uns das mit einfachen Worten verständlich machen kann:

»Flecken, hm, oder eher Löcher im elektromagnetischen Feld.«

Ich muss lachen. Okay, das ist wirklich der größte Bullshit seit Jahren. Das kann nicht ihr Ernst sein. Aber Kia lässt sich nicht irritieren. Sie wartet nur, bis ich fertig gelacht habe, dann nickt sie und steht auf.

»Okay«, sage ich im Versuch, die Fassung zu bewahren, »dann geht schon mal rein, ich komme gleich.«

»Hä?«, sagt Fips und deutet in Richtung Hoteleingang, als wüsste ich nicht, wo der ist.

»Ja«, sage ich und deute auch.

Fips runzelt die Stirn und schüttelt den Kopf, will noch etwas anfügen und hält dann doch den Mund.

Ich muss jetzt nämlich erst mal bei der Klinik anrufen, aber das muss von den dreien ja vielleicht niemand wissen. Vorerst zumindest.

Die Frau am Telefon signalisiert mir mit ihrem hart gelangweilten Tonfall ganz deutlich, dass ihr alles ganz und gar egal ist. Sie erklärt mir, dass sie mir meine Frage eigentlich nicht beantworten dürfte. Während sie das tut, überlege ich, was ich eigentlich besser fände: wenn er in der Klinik wäre oder wenn nicht. Die Frau sagt, dass das auch datenschutzrechtlich irgendwas und dass das früher vielleicht, aber heutzutage sei das alles nicht mehr so … Ich höre, dass sie im Hintergrund tippt, was heißen kann, dass sie meine Frage bereits bearbeitet oder dass sie sich im Facebook-Chat mit ihrer Nachbarin über Promi-News austauscht.

»Was heißt das jetzt?«, frage ich.

»Wenn Ihr Vater hier wäre und nicht wollen würde, dass wir die Information weitergeben, dass er hier ist, dürfte ich Ihnen keine Auskunft darüber geben, ob er bei uns ist.«

Sie spricht, als würde die Tonspur mit halber Geschwindigkeit abgespielt werden.

»Also ist er …?«

»Dürfte ich Ihnen nicht sagen. Außer wenn Ihr Vater eine Schweigepflichtentbindung unterschrieben hätte.«

»Also hat er keine unterschrieben, das heißt, er ist …?«

»… wenn er hier wäre. Sie verstehen mich?«

»Hä?«

»Und gerade am Telefon, wissen Sie. Eigentlich müsste ich ja ein Ausweisdokument sehen, um nachvollziehen zu können, ob sie wirklich Angehöriger eines Patienten sind.«

»Sie sagen, mein Vater ist also Patient?«

Mein Herz rast jetzt. Gut, Lasses Mom war doch hilfreich. Das ist okay, wenn das so ist, damit kann ich umgehen. Nur würde ich ihn dann jetzt gerne sprechen, bitte sofort, damit ich die nächsten Schritte abklären kann. Wie jetzt alles ablaufen soll, hier im Hotel, und überhaupt.

Ich höre sie kramen und tippen, stelle mir vor, wie sie einen altmodischen Hörer zwischen Kinn und Schulter geklemmt hat.

»Hallo? Bitte, kann ich ihn nicht vielleicht einfach …«

»Da! Da haben wir es ja«, murmelt sie, als hätte sie vergessen, dass ich in der Leitung bin.

»Josh!«, schreit in dem Moment jemand anders, schrill. Ich schrecke hoch wie ein Einschlafender, als hätte mich die Frau am Telefon schon vollständig eingelullt. Fips steht in der Tür und fuchtelt aufgeregt in meine Richtung. Er sieht besorgt aus. Ich ignoriere ihn, er ruft noch ein paarmal meinen Namen, während ich versuche, meine gesamte Hörkraft in mein rechtes Ohr zu leiten, an das ich mein Smartphone presse.

»Was haben wir?«, rufe ich ins Telefon.

»Also«, die Frau räuspert sich und schmatzt so komisch in den Hörer, »Sie merken sich fürs nächste Mal bitte, dass es immer besser ist, persönlich zu erscheinen, mit Ausweisdokumenten, und dann kann man im Fall der Fälle jeweils schauen, was man tun kann, wenn die betreffende Person tatsächlich …«

»Ja«, rufe ich dazwischen, um sie anzukurbeln.

»In dem Fall ist es jetzt so, dass ihr Vater momentan nicht in unserem System registriert ist.«

»Also nicht da.«

Fips fuchtelt noch immer, er macht sogar kleine Hüpfer dabei: »Hey, Mann!«

»Nicht da, nein …«, sie macht eine Pause, »beziehungsweise ausgenommen, es hätte jetzt jemand vergessen, die Eintragung zu machen, aber …«, sie tippt, »… davon gehen wir jetzt mal nicht aus.«

Sie schweigt, ich schweige, sogar Fips schweigt. Alle lauschen meinem Herzschlag, der sich wieder beruhigt. Keinen Schritt weitergekommen.

»Tut mir leid«, sagt die Frau.

»Danke«, sage ich, lege gleichzeitig auf, renne los und

folge Fips ins Haus. Er redet ununterbrochen auf mich ein, und es fällt mir schwer, ihm inhaltlich zu folgen, weil mein Gehirn währenddessen noch das Gespräch mit der Klinik prozessiert, aber es geht bei Fips wohl darum, dass mein Hund, der Alte Herr, die alte Spürnase, anscheinend doch noch für etwas gut ist und etwas entdeckt hat.

Am Durchgang zwischen Küche und Gastraum, direkt neben dem Tresen, kniet Lasse und hält den Alten Herrn dabei am Halsband fest, als müsste er ihn mit großer Kraftanstrengung zurückhalten. Der Alte Herr hechelt, und Lasse glotzt, und als er mich sieht, deutet er auf den Boden und sagt nur dieses eine Wort, das man ganz bestimmt nicht hören will.

»Blut.«

Auf dem grauen Fliesenboden ist der Fleck, den Lasse meint, nicht sofort zu sehen. Aber er ist eindeutig da, vielleicht einen halben Handteller groß und etwas dunkler als der Untergrund. Ich gehe davon aus, dass hier gestern Nacht definitiv feucht durchgewischt wurde. Der Fleck muss relativ neu sein, entstanden zwischen ein Uhr morgens und, na ja, jetzt halt.

»Der Hund hätte es fast aufgeleckt«, sagt Lasse. Alle scheinen sich sehr sicher darüber, was sie hier gefunden haben. Aber wieso Blut?

»Was bedeutet das?«, frage ich in die Runde.

»Entführung«, antwortet Lasse sofort und ohne dabei den Fleck auf dem Boden aus den Augen zu lassen.

»Wahrscheinlich denkt jemand, dass ihr wahnsinnig viel, äh … Kohle habt …?«

Ich schüttle den Kopf. »Wer sollte so was denken, bitte?«

Ein einziger Blutfleck, an dieser Stelle. Ich gehe ein paar Schritte in Richtung Ausgang, suche den Boden ab. Da! Tatsächlich noch einmal zwei kleinere Flecken, selber rötlich brauner Farbton. Ich gehe auf die Knie und rieche am Boden und rieche – nichts, nur Stein und Erde und Staub.

»Was denkst du?«, fragt Fips.

»Marmelade …?«, sage ich, und das ist natürlich auch nur eine Hoffnung. Für die Marmeladen-These habe ich genauso viele Beweise wie die anderen für die Blut-These.

»Never«, sagt Lasse.

»Ja, keine Ahnung, dann muss ich jetzt echt die Polizei rufen«, sage ich, und die Angst lässt meine Stimme überschlagen. Niemand antwortet, alle schauen auf den Boden oder kratzen sich grübelnd am Kopf oder untersuchen das Polster der Stühle nach verborgenen Hinweisen. Im Gastraum, der selten so komplett leer ist wie jetzt gerade, breitet sich eine drückende Stille aus. Es ist nur ein Fleck am Boden, aber das reicht schon, um einem tausend mögliche Geschichten und Horrorszenarien einzupflanzen.

Ein krachendes metallisches Scheppern durchbricht das Schweigen. Mir springt fast das Herz durch den Rachen. Jesus, was ist jetzt schon wieder los?

Im nächsten Moment steckt Gino seinen Kopf durch den Durchgang zwischen Küche und Gastraum, in der Hand hält er eine silbern glänzende Schüssel.

»Sorry, Jungs, wollte nicht stören«, er grinst breit und ist schon wieder verschwunden.

»Gino!«, rufe ich ihm nach.

Sein grinsender Kopf taucht wieder auf. Der Koch hat diese unangenehme Angewohnheit, immer, wirklich immer grinsen zu müssen, selbst wenn ihm etwas Schlimmes passiert. Einmal musste er sich eilig abmelden, weil er sich fies die Haut vom Handrücken geschält hatte, und er stand vor mir, presste eine Mullbinde auf die Wunde, sagte, was los sei, dass er wahrscheinlich genäht werden müsste, dass er glaube, Knochen gesehen zu haben, und sah dabei aus, als würde er mir gerade als erstem Menschen auf der Welt mitteilen, dass er Vater werden würde.

Jedenfalls ist seinem Gesicht kein bisschen abzulesen, ob er eine Ahnung hat, was überhaupt vor sich geht.

»Schau mal«, sage ich leise und gehe bei dem ersten, dem größeren Fleck in die Hocke. »Ist das …?«

»Rote Bete«, antwortet Gino sofort und grinst, während er sich entschuldigt: »Tut mir leid, Junior«, ich mag es nicht, dass er mich so nennt, »das muss vorhin beim Mittagstisch … Die Suppe.«

»Polnische Borschtsch«, sage ich, eine dramatische Drehung zu meinen Freunden vollziehend. »Kommissar Josh ermittelt für Sie.«

Fips zieht die Augenbrauen hoch, als wollte er gleich widersprechen, Lasse hebt krampfig die Schultern, was wahrscheinlich irgendwie erleichtert aussehen soll. Gino will schon wieder weg und weitermachen, das Abendessen vorbereiten. Ich halte ihn an seiner weißen Jacke fest.

Wir sprechen leise miteinander, als würden wir Geheimnisse austauschen. Er hat tatsächlich keine Ahnung. Frau Severin hat wohl aus irgendwelchen Gründen nichts gesagt. Das heißt, gewundert hat er sich schon, sagt er, dass er weder dem Senior noch dem Junior bislang begegnet ist, das kommt ja normalerweise nicht vor …

»Ihr arbeitet wie Nebensaison …«

»Nein, ich war … ich hab den gesucht, ich suche den den ganzen Tag schon.«

Gino denkt nach. Er ist nicht viel älter als ich, vielleicht zehn Jahre, viel Gel in den Haaren, komische Tattoos, ein guter Typ. Seine Eltern kommen aus Italien, aber er kocht am liebsten deutsche Hausmannskost. Und polnische Suppe …

»Wie alt ist dein Papa?«

Ich muss rechnen: »Zweiundfünfzig.«

Gino nickt: »Das kenn ich von meinem. Fast bisschen spät für Midlife-Crisis.«

»Schon, oder?«

»Der braucht ein bisschen Zeit für sich, Abstand, mal den Kopf durchlüften und, äh, Bimbam baumeln lassen.«

»Aber das kann man doch sagen, wenn das so ist.«

Gino grinst weiterhin, aber das macht sogar ein bisschen Sinn, wenn er an meinen Vater denkt: »Ist nicht seine große Stärke, oder, reden?« Er legt mir eine Hand auf die Schulter. »Pass auf, morgen früh ist er wieder da, und dann kriegt er's so richtig mit dir zu tun. Klar, Junior?« Er gibt mir einen Fist Bump und verschwindet in die Küche. Ich wende mich wieder meinen Freunden zu, die auf der Bank an der gegenüberliegenden Seite des Raumes fläzen und auf ihre Handys glotzen. Und merke erst jetzt, dass die nur noch zu zweit sind.

»Hey!«, ich klatsche in die Hände, um mir ihre Aufmerksamkeit zu sichern. »Wo steckt Kia?«

# ALIENS

Irgendwie ist mir völlig klar, dass Kia in der Zwischenzeit nicht nach Hause gegangen ist. Dafür interessiert sie sich anscheinend zu sehr für den, na ja, ich weiß nicht, ob man das so sagen kann, aber andererseits klar: für den Fall. Sie scheint ein detektivisches Interesse zu haben, schreibt ständig etwas in ihr kleines Notizbuch, stellt komische, unangemessene Fragen, schaut sich um wie eine Kammerjägerin und ist doch für mich noch immer eine fremde Person und zum ersten Mal überhaupt hier …

Ich muss nicht lange suchen, um sie zu finden. Sie steht wie selbstverständlich im Schlafzimmer meines Vaters.

»Hallo …, Kia? Geht's noch?«

Mein Herz schlägt schnell, weil ich die Treppen nach oben gerannt bin.

»Das ist privat hier, du kannst doch nicht einfach …«

Aber Kia beachtet mich gar nicht. Sie macht eine kaum sichtbare Geste in meine Richtung, wie eine Business-Lady, die telefoniert und sagen will: Bin in einer Minute bei Ihnen. So.

In der anderen Hand hält sie einen Besen. Vorsichtig tippt sie immer wieder mit dem Ende des Besenstiels gegen die Decke.

Hinter mir poltern Fips und Lasse die Treppe hoch. Ich drehe mich nach meinen beiden Freunden um. Sie verstehen offenbar genauso viel wie ich.

»Hallo, Kia«, versuche ich es noch einmal. »Was soll denn das werden, bitte?«

Kia presst sich den Zeigefinger ganz fest auf die Lippen: »Schhht!«

Dann tippt sie weiter.

In aller nur denkbaren Seelenruhe schlägt Kia mit dem Besen gegen die Decke.

*Tok, tok, tok.* Und dann ein kleiner Schritt zur Seite und hier noch mal: *tok.*

Mir fehlt komplett die Geduld für diesen Scheiß. Ich greife nach dem Besenstiel, um ihr den aus der Hand zu nehmen, als würde das irgendwas besser machen, doch Kia ist stärker, als ich gedacht hätte. Ihre kleine Hand hat den schmalen Stiel fest umklammert.

Für einen kurzen Moment stehen wir uns so gegenüber, wie festgeklebt und gefangen in einem seltsamen Tanz, bei dem wir wortlos an einem alten Besen rupfen. Ich stemme meine Füße fest auf den Boden, ich mobilisiere alle Kräfte, aber Kia lässt einfach nicht los, als hinge ihr Leben an diesem Stück Holz.

Und dann kreuzen sich unsere Blicke. Das heißt, ihre Augen schicken so etwas wie unsichtbare Fangarme in Richtung meiner Augen, die quasi in mich reinflutschen und sich an mein Gehirn tackern. Ich kann nicht wegsehen, und die Zeit läuft plötzlich langsamer, und ich sehe, dass sie, während ich völlig verkrampft und wütend bin, absolut entspannt aussieht und sogar ein bisschen lächelt.

Meine Hand wird schwach, mein Arm fühlt sich an wie eine totgekochte Nudel. Das ist wahrscheinlich Hypnose oder so was.

Ich lasse los und setze mich auf den Boden. Kia wirft den Besen auf das Bett meines Vaters und setzt sich neben mich. Sie scheint ganz plötzlich das Interesse am Mit-dem-Stiel-gegen-die-Decke-Tippen verloren zu haben. Das Sonnenlicht leuchtet rot auf den tanzenden Staub in der Luft und im Schlafzimmer meines verschwundenen Vaters herrscht eine Puppenhaus-mäßige Todesstille. Lasse und Fips stehen als dunkle, festgefrorene Statuen im Türrahmen, ich kann hören, wie sie träge blinzeln, und fühle mich zu erschöpft, um wütend zu sein.

Und deshalb kostet es, so banal es auch sein mag, in diesem Moment all meinen Mut und all meine Kraft, das zu sagen: »Kia, ich habe keine Ahnung, was du hier eigentlich machst.«

Aber das ist ein guter Satz, weil wir in dem Moment, in dem das ausgesprochen ist, verstehen, wie komisch das eigentlich alles ist, weil ja auch Kia jetzt klar werden muss, wie seltsam das, was sie da gerade veranstaltet hat, auf andere Menschen wirkt und wie komplett dumm das wohl aussah, als wir da gerade eben am Besen zerrten. Ich kann spüren, na ja, ich kann mir denken, dass vor ihrem inneren Auge dieselben Bilder ablaufen wie vor meinem, und deswegen bleiben wir sitzen und kichern auf einmal beide auf die gleiche bescheuerte Art.

»Ich wollte das hier nur kurz überprüfen, wenn ich schon da bin«, sagt Kia mit einem leisen Kichern in der Stimme.

»Überprüfen?«, frage ich. »Unsere elektromagnetischen Felder oder was?«

Und Kia seufzt gespielt theatralisch, als würde ich das ja eh nicht verstehen, und sagt: »Na, so in der Art, ja.«

»Nee, im Ernst jetzt«, sage ich.

Die anderen beiden haben sich mittlerweile zu uns gesetzt, auf den Teppich, als wäre das hier ein Lagerfeuer oder so. »Das macht alles irgendwie null Sinn, was du veranstaltest. Also, ist bestimmt lieb gemeint und so, aber …«

Und dann seufzt Kia noch einmal und beginnt zu erzählen, und sie erzählt eine Geschichte, die so wunderlich ist, dass man sie unmöglich glauben kann, und so unwahrscheinlich, dass man andererseits nicht glauben würde, dass sich das jemand ausgedacht hat.

In kurz: Mein Vater, Frank Vahrenhorst, Hotelier, zweiundfünfzig Jahre alt, wurde von Aliens entführt. Schwupp, und mitgenommen, tschüssi. Sagt Kia, also: in ihren Worten. Und schaut einen dabei an, als hätte sie eigentlich nicht das gesagt, sondern so etwas wie: Apfelmus wird aus Äpfeln gemacht.

Aber der Reihe nach.

Alles fing damit an, meint sie, dass sie in der Nacht von gestern auf heute ganz schlagartig wach wurde. Das Licht in ihrem Zimmer flackerte, obwohl es natürlich aus gewesen war. Und dann, ob wir das nicht gehört hätten, sei so ein Dröhnen in der Luft gewesen. Wie wenn die Waschmaschine nebenan schleudert, aber eben nicht nebenan, sondern draußen und überall. Dieses Geräusch, sagt Kia, erreichte sie nicht primär über die Ohren, sondern ging vielmehr über die Haut in ihren Körper ein. Und dann spürte sie das Schleudern in sich. Im Körper. Als würden alle inneren Organe in eine sanfte Schwingung geraten. Sie öffnete das Fenster. Sie sah einen rötlichen Schein über den ersten Häusern der Stadt.

Und es roch.

»Es roch nach«, Kia überlegt, »nach geschmolzenem Gummi. Oder wie wenn die Kupplung im Auto schleift.«

Sie schaut mich ganz ernst an, und es fällt mir schwer, ihren Blick zu erwidern.

Und ich sage: »Keine Ahnung, wie das riecht, wenn die Kupplung schleift.«

»Ist ja auch egal«, sagt Kia.

»Das meinst du ernst, oder?«

Kia überlegt. »Denk mal nach, Joshua, ob dir nicht auch vielleicht möglicherweise irgendwas aufgefallen ist letzte Nacht. Ich bilde mir das ja nicht ein.«

Doch, denke ich, wahrscheinlich eben schon. Es hört sich komplett und nur so an, als würdest du dir das einbilden oder einreden, als hättest du davon geträumt und könntest das nicht so gut auseinanderhalten.

Das denke ich, und gleichzeitig erinnere ich mich wie heimlich daran, wie ich in der Nacht davor auch nicht durchgeschlafen habe. Weil ich von irgendetwas wach geworden bin, und ich wusste nicht, was. Und dann war der Hund weg.

Kia kann mir das wahrscheinlich irgendwie ansehen. Oder sie kann nebenbei auch noch Gedanken lesen, who knows.

»Dass es Ufo-Sichtungen gab«, sagt sie, »ist ja schon lange gar keine Frage mehr, und Menschen, die davon erzählen, dass sie entführt wurden, gibt es ganz viele, das weiß man ja.«

Ich fange an herumzufuchteln, weil mir die Worte fehlen. Was soll man dazu denn noch sagen? Also wende ich mich, anstatt Kia zu antworten, hektisch an Lasse und Fips, die so stumm neben uns sitzen, als würden wir ihnen ein Theaterstück aufführen: »Jungs, jetzt helft mir doch mal, das ist doch wirklich Quatsch alles, Aliens …!«

Lasse hebt nur müde die Hände und lässt sie wieder in seinen Schoß fallen. Er hat keine Ahnung, er hält sich da raus, er will sich da nicht festlegen.

Fips hingegen wiegt so komisch den Kopf hin und her und sagt dann allen Ernstes: »Ich frage mich vielmehr, warum.«

»Was … was!?«

»Also: Warum nehmen sie einen wie Fränk? Ja wohl kaum, um sich von ihm … äh, zu ernähren oder so, aber besondere Fähigkeiten, die den Aliens, die hier wahrscheinlich irgendwie verunglückt sind, nützlich wären, hat er als Hotelier ja auch nicht unbedingt, nehme ich an, außer die wollen ein Alpha-Dings-Motel aufmachen, und da fehlt es ihnen möglicherweise irgendwie noch an Expertenwissen, weil Tourismus bislang eine rein menschliche Erfindung war?«

Er schaut ein bisschen irre in die Runde. »Wisst ihr, was ich meine? Hört sich das irgendwie schlüssig an?«

»Nee«, sagt Kia, und es ist ihr erstes vernünftiges Wort heute, aber dann spricht sie weiter: »Das ist alles ganz egal, Hotel oder Fähigkeiten oder so. Die meisten bekannten außerirdischen Lebensformen können menschliche Emotion ziemlich effektiv in Energie umsetzen. Das ist der einzige Nutzen, den er für sie jetzt hat.«

Ich: »Hä?«

Kia: »Also, na ja, Energie im Sinne von für die Lebensformen selbst, um nach so einer transgalaktischen Reise wieder mobil zu werden, als auch für das Fluggerät, um vielleicht möglichst schnell wieder wegzukommen von hier. Oft ist die Erde auch nur eine Zwischenstation, wo man eben recht einfach … ja, auftanken kann.«

Ich: »Menschliche …?«

Kia: »… Emotion, ja. Das genügt schon, wenn einer krass Angst hat, was ja jetzt nicht unwahrscheinlich ist, wenn man von Aliens entführt wird.«

Ich: »Und dann …?«

Kia: »… saugen die das ab.«

Ich: »What the fuck!«

Und jetzt nicken sie alle drei, die offensichtlich über Nacht den Verstand verloren haben.

»Ich glaube …«, fange ich an, um ihnen zu sagen, dass sie mir anscheinend nicht hilfreich sein können, dass ich dann wohl alleine weitermachen muss, wenn mein Vater morgen immer noch nicht wieder aufgetaucht ist, dass sie sich vielleicht professionelle Hilfe suchen müssten oder dass sie mir wenigstens sagen sollen, dass das alles eine Verarsche ist, aber ich zögere.

Dann höre ich, dass Gino nach mir ruft, und ich weiß, dass jemand die Gedecke fürs Abendessen auftragen muss. Gott, das ist hier immer noch ein laufender Betrieb, und wenn der Chef nicht da ist, ist wahrscheinlich der Junior der Chef, in dem Fall also moi, Joshua himself. Diese Gruselgeschichtensitzung ist jetzt zu Ende. Also nicke ich, was Gino natürlich nicht sehen kann, und sage zu Lasse, Fips und Kia: »Helft mir mal da unten, okay?«

Und danach, denke ich, fällt mir bestimmt was Schlaues ein.

# DIE KLINIK

Ich habe lange nicht an diesen Ort denken müssen. Bis Birgit mich daran erinnert hat, bis zu diesem Telefonat mit einer Frau vor Ort, die mir eigentlich keine Antwort geben wollte, aber dann doch zumindest so viel sagen konnte. Immerhin das aber weiß ich jetzt: dass er dort nicht ist.

Wir haben diese Bilder im Kopf, die zu Wörtern gehören wie Klapsmühle und Irrenhaus. Und die meisten von uns kommen mit dieser Art von Mühle, mit diesem Haus ja wahrscheinlich nie in Berührung. Ich weiß erst, seit ich das kennengelernt und von innen gesehen habe, warum es besser ist, einfach Klinik zu sagen. Und nicht mehr draus zu machen, als es ist.

Ich weiß, dass mein Vater damals nicht von Männern mit weißen Badelatschen abgeholt wurde, die ihn in einen fensterlosen Lieferwagen verfrachteten, um ihn dann in die Gummizelle mit den weichen Wänden zu stecken. Logisch nicht, absoluter Bullshit.

Mein Papa saß einfach eines Morgens noch länger als üblich auf der Bettkante, hat sich mit dicken Fingern die Augen gerieben und irgendwann sich selbst zugenickt. Und dann hat er den Telefonhörer abgenommen und sich danach selbstständig ins Auto gesetzt. So muss das gewesen sein, und Frau Severin wusste Bescheid, sie wusste Bescheid, um uns Bescheid sagen zu können und damit er selbst das nicht tun musste. Und davor hatte sie lange genug die Klappe gehalten, damit wir nicht auf die Idee kamen, ihn zu überreden, das nicht zu tun oder so.

Seine einzige Komplizin in diesem Haus.

Ich erinnere mich, wie sie sagte:

»Vielleicht wartet ihr noch einen Tag ab, bis ihr da hochfahrt.«

Und natürlich waren wir froh, dass sie das sagte, und hofften, dass die Sonne nie wieder unter- und aufgehen würde, aber natürlich tat sie das. Und dann mussten wir also.

Es ist ein bisschen komisch, wie ich mich heute, drei Jahre wird das her sein, an alles drum herum, an die unwichtigen Details, besser erinnern kann als an ihn und das, worum es eigentlich ging. Wie Jakob und ich im Bus standen. Der Bus, der uns dorthin bringen sollte. Der schaukelnde Überlandbus, der lange am Deich entlangfährt und dann zwischen Alleen in den Randbezirk der Stadt, ein nicht touristisches Niemandsland, wo die Klinik steht. Ein Bus, den wir nie zuvor genommen hatten. Und ich glaube sogar, mich an den Geruch erinnern zu können, den Geruch im Bus: nach Gummi und ein bisschen nach Käse, ein Camembert, in den man mit einem alten Sportschuh getreten ist. Ungefähr so.

Der Bus war voll, aber nicht so voll, dass wir keinen Sitzplatz gefunden hätten. Wir blieben trotzdem stehen, damit wir nicht später aufstehen mussten für jemanden. Damit hätte man sich bemerkbar gemacht, damit wäre man zu jemandem geworden, der mit diesem Bus fährt. Wir hatten das Gefühl, unauffällig bleiben zu müssen. Also hielten wir uns an den gelben Stehplatz-Stangen fest, schauten aus dem Fenster und schielten ab und zu aus dem Augenwinkel zum anderen rüber: Wann sagt der endlich was?

Und gleichzeitig hat man dieses eklige Gefühl, man wüsste eh ganz genau, was der andere jetzt denkt und dass der auch weiß, dass man das weiß. Ich hatte Angst, für diese Situation nicht schlau genug zu sein, Angst, nicht die richtigen Worte zu wissen, aber auch Angst davor, dass Jakob einfach gar nichts sagen würde und ich selbst, der kleine Bruder, derjenige wäre, der ein Gespräch in Gang setzen müsste. Und ich behaupte, heute, im Nachhinein, jaja, dass wir uns jetzt beide schämten, weil wir uns die ganze Zeit eingeredet hatten, dass es bald wieder besser gehen würde. Weil doch jeder mal traurig ist und das geht vorbei. Das sagte man so. Das hatten wir gelernt.

Vorm Fenster fuhren die Bäume vorbei, als würde der Bus still stehen und draußen gäbe es eine neue Lieferung dieser exakt gleichen Bäume. Eine lange Reihe. Immer derselbe. Bäume wie die, die man früher im Kindergarten gemalt hat, eine grüne Wolke auf einem kerzengeraden Stamm.

Und dann sagte Jakob doch noch etwas: »Ich frage mich, ob der jetzt überhaupt ansprechbar ist.«

Ich wusste, dass er sich das nicht gefragt hatte. Er hatte sich die Frage ausgedacht, um das Schweigen zu brechen. Und ich war ihm auch dankbar dafür.

»Wie, was meinst du, ansprechbar?«

»Na ja«, sagte Jakob und hob die Schultern. »Medikamente. Oder?«

Das wusste ich nicht. Darüber hatte ich noch gar nicht nachgedacht. Draußen fuhren die Bäume vorbei. Ich stellte mir vor, dass ganz am Ende dieser Straße eine Fabrik stand mit einem großen metallenen Tor, und aus dem Tor führt ein Förderband, auf dem ein Baum nach dem anderen die Fabrik verlässt, um auf verzweigten Förderbandwegen irgendwie an seinen Zielort zu gelangen: Wälder natürlich, andere Alleen, Klinikparks.

»Joshi?«

»Äh, ich weiß nicht. Nee, oder?«

»Na, was denkst du denn, was die machen, wenn sich einer einliefert, weil er sonst seinen Kopf in die Backröhre stecken muss?«

»Ich glaube, das funktioniert gar nicht.«

»Was glaubst du wohl, was die mit so einem machen?«

So einem. Unser Vater war jetzt so einer.

Ich schaute aus dem Fenster. Es nieselte. Natürlich nieselte es jetzt. Dünne Streifen auf den Fenstern des Überlandbusses. Graue Pfützen vor grauen Bushaltestellen. Und still stehende Windräder im Hintergrund.

»Weiß nicht«, sagte ich, denn ich hatte keine Ahnung und ich wollte gar keine Ahnung haben, ich wollte, ganz klar, aus meiner Haut und ab sofort, ab jetzt, ein anderer sein.

Aber selbst da, als wir uns bereits auf dem Weg befanden, hätte ich kein Bild von so einer Klinik malen können. Hätte Frank wahrscheinlich auch nicht, als er am gestrigen Morgen die Nummer googelte und den Telefonhörer abnahm und zur Person am anderen Ende der Leitung sagte: »Ich komme jetzt zu Ihnen, weil sonst stecke ich meinen Kopf hier in die Backröhre.«

Die Klinik lag hinter Hecken, auch das weiß ich noch genau, akkurat geschnittene, saftig grüne Hecken. Als hätte sich ein Gärtner mit Lineal und Nagelschere daran zu schaffen gemacht, so akkurat. Die Sonne kam raus und glitzerte auf diesen Gebüsch-Mauern, die an allen Seiten um die Klinik gezogen waren, deren Tür sich – *wishhh* – viel zu schnell für uns öffnete. Wir hatten es nicht eilig hineinzukommen. Wir wollten beide, dass der andere der Erste war, dessen Fußspitze die Schwelle übertrat.

Wir fragten uns durch, als hätten wir einen Termin für ein Vorstellungsgespräch. Termin bei Herrn Vahrenhorst, ach so, ja, ja, hier entlang bitte. Solange wir zu zweit waren, fühlte sich der Ort an, als wäre er noch nie von einem Menschen besucht worden: weiße Wände, verziert nur hier und da mit einem Notfallplan, einem Feuerlöscher, bräunlicher, unbefleckter PVC-Boden, der ohrenbetäubend laut unter unseren Reeboks quietschte, riesige Kübel, in denen Farne standen, bei denen man sich nicht sicher sein konnte, ob sie echt waren oder aus Plastik. Das Stationszimmer mit den Fenstern zum Gang schien leer zu sein.

Hinter diesen Türen lebten angeblich Menschen, zumindest schliefen sie hier, aber vorstellen konnte man sich das nicht, weil so eine absolute, undurchdringliche Ruhe herrschte, eine Ruhe, die alles einzunehmen schien, die uns die Ohren verstopfte. Eine Ruhe, die uns ganz und gar vergessen ließ, dass so etwas wie Lärm überhaupt existierte.

Bis wir ihre Schritte hörten. Hastige, fluchtartige Schritte in weichen Pantoffeln. Eine kleine Frau schoss wie ein Gummiball um die Ecke. Sie blickte sich hastig um, als würde sie verfolgt, schien erleichtert festzustellen, dass da niemand war, nahm uns in den Fokus, nahm ganz besonders mich in den Fokus und steuerte zielgenau auf mich zu. Ihr Blick war starr auf meine Brust geheftet.

Die Frau trug eine blaue Jogginghose von Adidas, die sie weit über den Bauch gezogen hatte, außerdem ein ebenfalls blaues T-Shirt eines regionalen Fußballvereins, das sie in die Hose gesteckt hatte. Sie war noch nicht ganz alt, wahrscheinlich zwischen sechzig und siebzig, hatte einen wachen, vielleicht hektischen Blick, und sie war schnell, wirklich flink. Ich versuchte, ihr auszuweichen, machte einen Schritt zur Seite, zur Wand, sie genauso.

»Da ist er ja!«, rief sie mit leicht krächziger Stimme und schlang ihre fleischigen, mit Leberflecken übersäten, nackten Arme um meinen Bauch, ihr Ohr lag auf meiner Brust, als müsste sie ganz dringend in mich hineinhören.

»Da ist er ja«, wiederholte sie, jetzt leiser und beruhigt.

Sie roch nach staubiger Baustelle. Wie ein Rohbau, in den ich kürzlich mit Fips und Lasse geklettert war, ein unfertiges graues Leben von Menschen, die wir nicht kannten.

»Entschuldigung?«, sagte ich.

Hilflos suchte ich Jakobs Blick. Jakob hatte sich, mit den Händen wedelnd wie ein kleiner Vogel mit seinen nutzlosen Flügeln, abgewandt, um nicht in lautes Gelächter auszubrechen.

»Mein Knuti«, sagte die Frau leise.

»Was, das bin ich nicht«, antwortete ich jammernd.

Die Frau hatte ihre Arme noch immer fest um mich geschlossen. Sie war stark. Sie presste meine Magengegend zusammen. Ich bekam nur noch schwer Luft.

»Hat lange genug gedauert, dass er mich mal besucht, der Knuti.«

»Aber das bin ich nicht.«

Etwas Schlaueres fiel mir nicht ein. Sie schien das offenbar gar nicht zu hören.

Jakob hatte sich beruhigt, er näherte sich dem seltsamen Gebilde, das die Frau und ich abgaben. Ich warf ihm flehende Blicke zu. Das wurde langsam schmerzhaft. Bevor Jakob auch nur einen Ton sagte, zog er sein Handy aus der Tasche und filmte uns zwei, drei, vielleicht fünf Sekunden lang: die zufriedene Frau, die an mir klebte, ich, der sich verzweifelt stöhnend wand. Ich konnte nicht ernsthaft sauer sein deswegen, ich hätte es nicht anders gemacht.

Dann legte er der Frau eine Hand auf den Unterarm und sagte sehr behutsam: »Entschuldigen Sie, aber ich glaube, hier liegt eine Verwechslung vor.«

Die Frau antwortete resolut. Sie signalisierte, keineswegs gesprächsbereit zu sein: »Nein.«

»Äh, so, ach so«, antwortete mein Bruder.

»1967 haben wir geheiratet«, fing die Frau an, als hätte sie irgendjemand danach gefragt, »im Winter, weil es dann doch ganz schnell gehen musste. Mein Knuti ganz lieb in dem Anzug, den hat er sich leihen müssen von Ewald. Aber darauf kommt es ja nun nicht an, nicht wahr. Und seitdem haben wir jeden Tag miteinander verbracht, 1967. Können Sie sich gar nicht vorstellen, nicht wahr. Jungspund. Bis ich hier reinverfrachtet worden bin, jeden Tag.«

Jetzt erst löste sie ihren Kopf von meiner Brust, hielt mich aber weiterhin fest und warf mir von unten her einen schmollenden, vorwurfsvollen Blick zu. Jetzt, dachte ich, müsste sie ja erkennen, dass ich nicht der war, den sie im Winter 1967 geheiratet hatte. Falsch gedacht.

»Was ist das hier, Knuti? Wo bin ich denn hier eingesperrt?«

Mein Bruder und ich hatten nun beide eingesehen, dass wir mit logischer Argumentation nicht weiterkamen. Wir brauchten dringend einen Erwachsenen, am besten einen mit Doktortitel. Uns blieb nichts anderes übrig, als laut zu schreien.

Was man halt so schreit, wenn es auf den Inhalt nicht so ankommt: »Hallo« zum Beispiel und auch, leicht übertrieben, »Hilfe!«.

Ich rief ganz laut »Entschuldigung!«, was mir im selben Moment extrem komisch vorkam. Als würde ich mich bei der Frau schreiend entschuldigen wollen.

Sie reagierte darauf, indem sie mich noch ein bisschen fester packte.

Ansonsten schien sie unser Geschrei nicht weiter zu stören.

Es dauerte tatsächlich nicht lange, bis eine junge Ärztin oder Psychologin oder Psychodoktorin … um die Ecke bog, direkt mit diesem unverschämten Grinsen im Gesicht. Mit diesem Gesichtsausdruck, der sagte: Da ist ihr mal wieder jemand in die Falle gegangen, da habe ich gleich was zu erzählen in der Kaffeepause.

»Frau Wisnewski, wen haben Sie denn da eingefangen?« Die Ärztin ging neben uns in die Hocke.

»Knuti«, sagte die Frau erwartungsgemäß. Die Ärztin lächelte auch ganz zufrieden, als wäre das die genau richtige Antwort.

Sie schaute zu mir hoch: »Sie hält Sie für ihren verstorbenen Ehemann.«

»Okay«, sagte ich, »aber, äh … bin ich ja gar nicht.«

Die Ärztin wandte sich wieder an die Frau: »Frau Wisnewski, darf ich Herrn Wisnewski ganz kurz ausleihen?«

Die Frau um meinen Bauch schüttelte vehement mit dem Kopf.

»Wo ich ihn gerade schon antreffe«, fuhr die Ärztin fort, »und ich doch noch ein paar Unterschriften von ihm bräuchte. Formulare. Sie kennen das ja.«

»So viele Formulare«, antwortete die Frau jammernd, die Abscheu war ihr anzuhören. Sie zitterte ein wenig. Offenbar hasste sie nichts mehr auf der Welt.

»Und dann ist er gleich wieder bei Ihnen.«

Ich spürte, wie sich ihre Arme lockerten. Es gelang mir, mich aus der Umarmung zu winden. Vielleicht funkelte in diesem Moment ein bisschen Klarheit in ihrem Blick, vielleicht erinnerte sie sich jetzt verschwommen daran, wie oft sie genau diese Situation bereits erlebt hatte. Und dass ich nicht wiederkommen würde, nachdem ich die wichtigen Formulare unterzeichnet hatte. Dass Knuti immer wieder erschien und immer wieder fortgebracht wurde, um irgendetwas zu unterschreiben, und dann nicht zurückkehrte und sie weiter allein ihr Dasein fristen musste, bis er dann plötzlich wieder im Gang stand, als wäre nichts gewesen, und alles begann wieder und wieder von vorn.

Wieder und wieder, eine Endlosschleife, die ihr Gehirn

erfunden hatte, um das alles erträglicher zu machen. So würde ich mir das jedenfalls erklären.

»So, bitte hier entlang«, sagte die Ärztin und hatte mich bereits am Oberarm gepackt. Ständig wurde man hier von irgendjemandem angepackt.

»Wir möchten zu unserem Vater«, sagte ich.

»Was ist mit der … Frau?«, fragte Jakob.

Die Ärztin drehte sich noch einmal zu Frau Wisnewski um, dann bogen wir um die Ecke. »Der Frau«, sagte sie dann leise, »haben Sie soeben ganz kurz eine ganz große Freude gemacht. Das ist doch nicht so schlimm, oder?«

War es nicht. Es war ein Geschenk.

Die kurze Episode mit Frau Wisnewski, so unangenehm sie mir in dem Moment gewesen war, gab uns die Möglichkeit, nicht über das zu reden, worum es hier eigentlich ging. Den Elefanten des Elefanten im Raum sozusagen: Wie es ihm ging. Die einfachste und schwerste Frage der Welt.

Wieder und wieder zeigte mein Bruder das Video, prustend, sie nachäffend:

»Mein Knuti, mein Knuti, da ist er ja wieder. Zeig mal, zeig mal deinen Bauch, Joshi, die hat doch bestimmt Spuren hinterlassen. Meine Güte!«

Ich krempelte mein T-Shirt hoch. Mit etwas gutem Willen konnte man tatsächlich rote Druckstellen sehen, wo ihre Arme mich umschlungen hatten. Und natürlich musste ich jetzt auch schmunzeln, obwohl mir das noch immer einigermaßen peinlich war. Die Erinnerung an die Begegnung brachte Fröhlichkeit an diesen Ort, an dem wir sonst so bedröppelt herumgestanden und uns darüber unterhalten hätten, wie die Bäume, die man vom Fenster aus sehen konnte, nun so langsam ihre Blätter verloren.

Und auch unser Vater lachte sein leise hüstelndes Lachen, hielt sich mit einer fleischigen Hand die Augen zu und wiederholte die seltsam alten Worte meines Bruders: »Meine Güte.«

Wir saßen an einem kleinen halbrunden Tisch am Fenster. Alles in seinem Zimmer war irgendwie sandfarben. Ich fragte mich, ob das wohl irgendeinen psychologischen Grund hatte. Es kam mir nicht sehr wahrscheinlich vor. Zwei Betten standen im Raum, eines war derzeit frei. Es konnte allerdings jederzeit passieren, dass die Klinikleitung hier einen zweiten Patienten platzierte. Ich fand den Gedanken ungeheuerlich:

»Die können einem doch nicht einfach, ohne zu fragen, irgendjemanden mit ins Zimmer stecken, wer weiß, was das dann für ein Blödmann ist, vielleicht?«

Aber Papa hob nur die schweren Schultern und lachte leiste hüstelnd:

»Ach, so schlimm wird es nicht sein.«

Er wirkte weniger gleichgültig als tatsächlich zufrieden. Als hätte ihn hier, in diesem sandfarbenen Zimmer mit Blick auf den immer trostloser aussehenden Klinikgarten die Erkenntnis ereilt, dass nichts zu ändern war und zumindest das meiste, was eintrat, eigentlich ganz in Ordnung war. Als wäre es viel wahrscheinlicher, dass die Klinikleitung ihm hier einen ganz anständigen Skatpartner als ein Arschloch ins Zimmer steckte.

Nachdem wir uns alle wieder beruhigt und Jakob sich endlich ausreichend an Frau Wisnewski erfreut hatte, sprachen wir nur noch von uns, also meinem Bruder und mir.

Papa war für seine Verhältnisse ziemlich redselig. Wir schwelgten in Erinnerungen. Er erzählte von Urlauben, von denen uns gar keine Bilder geblieben waren, viel zu lange her, und davon, wie ich, das Kleinkind, immer wieder und mit großer Seelenruhe den Besitz meines Bruders, die Uhr, den Gameboy, die Comicbücher, im Strand verbuddelt hatte. Davon, wie ich später seiner ersten Freundin aus Eifersucht an den Haaren gezogen hatte und wie wir uns einen kompletten Sommer lang in scheinbaren Geheimsprachen unterhalten hatten, wahrscheinlich ohne selbst ein Wort zu verstehen.

Vater sprach sehr ruhig und langsam. Ich fragte mich, ob sie ihm viele Medikamente verabreicht hatten. Er erzählte von seiner Familie und tänzelte dabei ganz geschickt um einen Abgrund herum. Er erzählte, als seien wir immer zu dritt gewesen.

Es war einer der schönsten Nachmittage, an die ich mich erinnern kann.

# POLIZEI

In der ersten Nacht wache ich auf und merke sofort, dass etwas anders ist. Mein Zimmer ist in ein rötliches Licht getaucht. Ich stelle mich ans Fenster und sehe, dass der ganze Himmel zu glühen scheint. Auf einmal sind meine Füße nass, und ich drehe mich um, weil mir ein graues Wesen eine schleimige Hand auf die Schulter legt. Und ich sehe zuerst die glibschige Hand mit ihren langen Fingern mit spitzen Fingernägeln und dann zwei riesige Augen, in denen ich mich spiegle und erkenne, dass auch ich grau und glibschig bin. Ich greife nach der Hand des Viehs, und seine Kälte dringt in mich ein, und ich weiß, ich muss mich ganz schnell aus diesem Griff winden. Von meinem eigenen Gezappel wache ich auf und falle fast aus dem Bett wie so ein Kleinkind.

Mein Gott, dann lieber nicht einschlafen als so eine Scheiße.

Und wieder ist es früh am Morgen, vier Uhr oder so, der Himmel ist dunkelgrau und nicht rot, und der Alte Herr ist bei mir. Er liegt ganz komisch halb unterm Bett, nur das Hinterteil schaut heraus. Ich sage seinen Namen und er schlägt mit dem Schwanz hin und her. Na gut, mein Vater wird wahrscheinlich nicht unter meinem Bett liegen, aber irgendwas ist da, also leuchte ich mit meinem Handy in die Dunkelheit.

Es ist ein unförmiges, knubbeliges Ding, das der Alte Herr gerade vollsabbert. Er will zuerst nicht loslassen, als ich danach greife. Aber sobald meine Finger das samtige Material spüren, weiß ich, was das ist. Das ist Fridolin.

Fridolins dunkelgrüne Oberfläche ist ziemlich staubig. Keine Ahnung, wie lange der schon da unten liegt. Ich habe ihn ewig nicht gesehen und ewig nicht an ihn gedacht. Es handelt sich um, ich weiß nicht so genau, wie man es sagen soll, eine Art Raupe, aber mit Beinchen, und an diesen Beinchen trägt Fridolin rote Schuhe. Und vorne hat er zwei glubschige Augen auf seinem kugelrunden Kopf und drunter, am nicht vorhandenen Hals, trägt er eine Schleife, so rot wie die Schuhe. Es gibt kein Kinderbild von mir, auf dem ich Fridolin nicht im Arm halte oder auf der Schulter trage oder um den Hals gewickelt oder in die Hose gesteckt habe.

Ganz lange habe ich »Pfidoling« gesagt.

Und erst jetzt, wie ich da auf dem Boden sitze und Fridolin nach all der Zeit wieder in den Händen halte, kann ich mich ganz genau an den Moment erinnern, wie wir einander vorgestellt wurden. Was extrem komisch ist, weil ich da vielleicht maximal drei war. Vielleicht sogar mein Geburtstag, oder Weihnachten, kann auch sein. Und ich war wahnsinnig überfordert mit dem goldenen Geschenkpapier und fing an zu weinen, und Papa setzte sich neben mich auf den Boden und half mir dabei, Fridolin zu befreien. Und dann nahm er ihn so in die Hand und wackelte ein bisschen rum und sagte: »Ich bin Fridolin, freut mich, dass wir jetzt Freunde werden.«

Und das fand ich irgendwie wahnsinnig witzig und schön, an das Gefühl kann ich mich genau erinnern, wie eine warme Lampe im Bauch.

Der Alte Herr beobachtet mich. Ich frage ihn, ob er glaubt, dass man Fridolin in die Waschmaschine werfen kann. Aber da muss ich besser Frau Severin fragen. Der Alte Herr weiß darauf keine Antwort.

Und auch, wenn er mit seinen traurigen Hundeaugen immer schon ein bisschen besorgt aussah, ist es jetzt, als würden mich seine Blicke verzweifelt auffordern: Bitte sag mir, wie ich dir helfen kann.

Wenn ich das nur wüsste, Alter. Ich setze den staubigen Fridolin auf die Kommode. Schön, dass du wieder da bist, Pfidoling.

Was als Nächstes?

Ich muss mich gedanklich erst mal sortieren. Wobei, nein: Ich muss Papas Schlafzimmer überprüfen. Das ist klar. Ich kann mir vorstellen, dass das zu einer Art Routine wird, wenn der Kerl noch lange verschwunden bleibt.

Ich gehe barfuß über den Flur. Feine Brösel, die man selbst mit dem stärksten Sauger nicht aus dem dunkelroten Teppichboden saugen kann, bleiben an meinen Fußsohlen kleben. Im Hotel herrscht eine gemütliche Stille, die nur manchmal von einem Gurgeln in den Wasserleitungen unterbrochen wird.

Ich habe kein Licht im Flur gemacht, um ihn, sollte er da sein, auf keinen Fall zu wecken. Die Türklinke liegt hart und kalt in meiner Hand. Ich schiebe die Tür vorsichtig auf. Graue Silhouetten zeichnen sich im Dämmerlicht ab, die Formen seiner Möbel, über dem Bett blinkt ein rotes Licht. Das wird wohl ein Wecker sein.

Ich weiß, dass hier niemand ist, aber ich rede mir ein, dass ich das noch nicht mit Sicherheit beurteilen kann. Ich stehe im Zimmer unweit des Bettes, und obwohl er immerhin einen Tag lang verschwunden ist, erinnere ich mich gut an seinen massigen Körper und dass ich ihn auch in der Dämmerung sehen würde, wenn er da jetzt im Bett läge.

Was er nicht tut.

Das Bett ist leer, bis auf den Besen, den Kia gestern Abend dorthin geworfen hat. Ich nehme den Besen vom Bett und weiß dann auch nicht, wohin damit und wo sie ihn wohl herhatte, und nehme ihn mit in mein Zimmer.

Ich sortiere mich: Was ich weiß, ist, dass ich quasi gar nichts weiß. Aber in einer Hinsicht zumindest kann ich mir, glaube ich, ziemlich sicher sein: Mein Vater ist nicht von Aliens entführt worden. Oder von sonst irgendwem. Und es hilft mir auch nicht wirklich weiter, wenn die Leute, die mir bei der Suche nach dem Mann helfen sollen, davon überzeugt sind, dass genau das passiert, dass genau das die Lösung des Rätsels sei.

Ich schreibe eine Liste, und ganz oben steht »Polizei«, und darunter steht »Paul«, der beste Freund, aber dazwischen lasse ich etwas Platz, damit da noch etwas reinpassen würde, was mir gerade nicht einfällt. Ich stecke die Liste in die Hosentasche und weiß auch nicht so recht, ob mich das nun weitergebracht hat.

Wann öffnet die Polizei? Hat die Polizei überhaupt Öffnungszeiten? Das fragt man sich nie. Google fordert mich auf, Öffnungszeiten hinzuzufügen. Sehr gut, Leute, ehrlich.

Eigentlich müsste da immer geöffnet sein, denke ich, aber die früheste normale Uhrzeit, um irgendwo mit irgendjemandem zu sprechen, ist acht Uhr. Ich muss warten. Ich versuche, wieder einzuschlafen, und kann nicht. Ich versuche nachzudenken und erreiche nichts. Ich drücke auf meinem Handy herum und lande bei YouTube und sehe mir Interviews mit Menschen an, die glauben, sie seien von Aliens entführt worden. Die Menschen sind eindeutig irre. Aber andererseits ist er das ja schließlich auch.

Irre, denke ich, während eine Frau mit gelber Schwammfrisur erzählt, dass sie ein heißkaltes Licht an den Füßen angehoben und in ein Flugobjekt getragen hätte.

Irre, denke ich, während ein älterer Herr mit flaumigen grauen Haaren erzählt, drei mumienartige Wesen seien auf ihn zugeschwebt und hätten ihn mit einer unsichtbaren Spritze betäubt, damit sie ihn im Raumschiff auf einen Tisch legen und röntgen konnten, irre sind wir ja alle irgendwie.

Vor allem, anscheinend, die Menschen mit auffälligen Frisuren.

Das Problem dabei scheint mir folgendes zu sein: Diese Menschen, die von diesen Dingen erzählen, die Menschen mit den auffälligen Frisuren, die sich so irre anhören, kommen einem im ersten Moment vollkommen vernünftig vor. Der Mann mit den flaumigen Haaren spricht ganz ruhig und in vollständigen Sätzen mit den Moderatoren dieser Morning Show. Ich ahne schon, dass ich aufpassen muss.

Je mehr man sich davon reinzieht, desto weniger überzeugt ist man, dass Kia spinnt und nicht vielleicht doch alle anderen.

Weil das stimmt ja andererseits schon auch: Wenn das Universum unendlich groß ist und voll mit unendlich vielen Planeten, wäre es ja extrem unwahrscheinlich, wenn nur auf einem von unendlich vielen Planeten auch Leben existiert. Und wenn das Leben anderswo schon ein paar Millionen Jahre länger vor sich hin lebt als wir hier, dann kann man vernünftigerweise auch davon ausgehen, dass die krasse Raumschiffe bauen können. Das ist ja kein neuer Gedanke, oder?

Nur das Ding mit dem Treibstoff aus der Angst meines Vaters, die die absaugen und so … Da würde ich sagen, nö.

Ich befinde mich in der Straße der Polizeistation, aber quasi noch außer Sichtweite. Ich will nicht vor der Tür stehen, wenn die da aufmachen. Oder um Punkt acht Uhr zur Tür hereinspazieren. Ich schaue auf die Uhr und warte. Ich warte jetzt wenigstens noch bis zwei nach acht.

Drinnen ist alles gelb oder beige, die Farbe von Nikotinflecken im Schnurrbart eines starken Rauchers. Und es riecht muffig. Ich stehe an so etwas wie einem Tresen und schaue in einen großen, breiten Raum hinein, aus dem drei, nein vier, nein fünf müde Augenpaare zurückschauen. Es werden immer mehr, je länger man glotzt.

Eine unangenehme Stille ist zwischen uns, zwischen mir und den Polizistinnen und Polizisten, die mich begutachten, als könnte ich sie nicht sehen, als würden sie absolut nicht damit rechnen, dass jemand in ihr Reich eindringt.

Sie machen jetzt telepathisch miteinander aus, wer von ihnen sich dieser neuen Sache nun annehmen muss.

*Du – Nein, ich war beim Letzten – Vielleicht geht er gleich wieder – Der ist immer noch da – Ich hab hier grad was Wichtiges – Ich kann da eh nicht weiterhelfen …*

Bis einer aufsteht, ein kleiner, dicker, der schnaufend und ohne mich anzusehen, auf mich zuwackelt. Und dann wieder umdreht, weil er seine Kaffeetasse auf dem Schreibtisch vergessen hat. Auf der Kaffeetasse steht auf der einen Seite ein lustiger Spruch und auf der anderen Seite hat sie eine Nase und Ohren und …

»Bitte«, sagt der Polizist.

»Ja, äh«, ich habe mich nicht vorbereitet, ich weiß gar nicht, wie ich das alles erklären soll, »ich vermisse, also mein Vater ist, ich möchte meinen Vater als vermisst melden.«

Der Polizist räuspert sich zur Antwort. Ein bisschen hört es sich so an, als wäre ihm gerade sein Frühstück wieder hochgekommen. Hoppla, hallo, Croissant.

»Frank Vahrenhorst«, sage ich, und der Polizist nickt und dreht sich wieder um, einfach so, ohne ein Wort darüber zu verlieren, wo er denn jetzt hinwill. Er wackelt zu seinem Schreibtisch zurück. Von hinten kann man ganz besonders gut erkennen, dass er überhaupt keinen Hals hat. Sein Polizeihemd mit den Klappen auf den Schultern hat einen ganz harten Kragen, der sich ihm quasi direkt in den Hinterkopf drückt.

Er kommt mit Block und Stift zurück. »Frank …?«

»… Vahrenhorst«, sage ich.

»Der ist hier von dem …«

»… Hotel«, sage ich.

Der Polizist nickt müde. Seine Augen sehen wässrig aus, die Pupillen schwimmen davon. Ich hoffe ganz dringend, dass er mich jetzt nicht fragt, ob dieser Vahrenhorst verschwunden sei.

»Und Sie sagen«, fährt der Polizist fort, »der Mann ist …«

»… verschwunden«, schiebe ich hastig dazwischen. Ich bin ihm ins Wort gefallen. Der Polizist schaut von seinem kleinen Schreibblock auf und zieht die Augenbrauen hoch. Er will streng aussehen, wirkt in Wirklichkeit aber, als hätte er komplett vergessen, was ich von ihm will. Der ist der Nächste, den man als vermisst melden muss, denke ich.

»Hm«, sagt er.

»Sie müssten mich jetzt vielleicht fragen …«

Der Polizist hebt eine kleine fette Hand. »Mir nicht angeben, wie ich meine Arbeit zu machen habe.«

»'tschuldigung.«

»Seit wann ist …?«

»Nacht von vorgestern auf gestern.«

»Vorgestern auf …«

»Gestern früh war er weg.«

»Kann auch frühmorgens …?«

Ich hebe die Schultern: »Kann.«

Plötzlich schreibt der Mann unverhältnismäßig viele winzig kleine Wörter auf seinen Schreibblock. So viel habe ich ihm doch gar nicht erzählt …

»Ähm, gut, ähm, ja«, sagt er und überlegt wieder so komisch lange, und mir kommt das alles so vor, als würden die mir entweder nur vorspielen, dass sie Polizisten sind, richtige Polizistendarsteller sind das, oder gerade dieser Beamte hatte bisher ausschließlich mit Kaugummiautomatenknackern und Verkehrsrowdies zu tun, aber sich noch nie auch nur einen einzigen Gedanken darüber gemacht, wie man denn nun damit umgeht, wenn einer verschwindet.

Megaunseriöser Typ, denke ich und spüre, wie wieder diese wütende Ungeduld in mir aufsteigt. Im Endeffekt stellt der unseriöse Typ dann aber natürlich doch noch die ganzen wichtigen Fragen.

Wann ich ihn zuletzt gesehen hätte.

Ob sein Auto noch vor Ort sei.

Mit wem er vielleicht in Kontakt stünde.

Wie sein Zustand bei unserer letzten Begegnung gewesen sei.

Gesundheitszustand, ja, aber auch Gemüts…

Hm, hm, ja, und ob mein Vater denn mit Depression, als ob es da eine Vorgeschichte …

»Mein Vater ist gesund«, sage ich. »Es geht ihm schon viel besser, glaube ich.«

Der Typ zieht die Augenbrauen hoch. Sie wandern weit in Richtung seiner Glatze, fast bis oben, auf den Kopf.

Ich bin schon auf dem Weg nach draußen, als er mich noch einmal zurückruft.

»Vahrenhorst«, sagt er, »da tut sich was.«

Er wackelt an einer Wand entlang, in der es verschiedene Fächer und Schubladen gibt, und greift dann eine gelbe Postkiste heraus, in der er wühlt, bis er triumphierend den Brief in der Hand hält, nach dem er gesucht hat. »Vahrenhorst«, wiederholt er.

Ein Brief für ihn, den könnte ich, wenn das so sei, ja gleich mitnehmen.

Der Brief liegt in meinen Händen, und es kommt mir so

vor, als wäre sein Umschlag weißer als normal. Als wäre er vielleicht gerade eben erst entstanden.

Es ist tatsächlich und ausgerechnet Kia, die mir als Erstes schreibt. Muss sich von den anderen beiden meine Nummer organisiert haben. Ob ich jetzt bei der Polizei war. Ich antworte und weiß gar nicht recht, warum: *Bin gerade raus.* Sie schreibt gefühlt Millisekunden später: *Bleib, wo du bist.*

Ich stelle mir vor, wie sie blind auf dem Handy unter der Bank herumtippt. Die müssten jetzt ja alle schon in der Schule sitzen normalerweise. Und wenn sie mit dem Handy erwischt wird, ist es weg. Was will sie jetzt machen? Und ich soll hier wohl rumstehen, bis Kia, Fips und Lasse Schule aushaben, oder was?? Ich hab auch zu tun eigentlich, und ich weiß überhaupt nicht, wie ich das auf die Reihe kriegen soll, die Suche einerseits, die mir jetzt einfach wichtiger ist, verdammt noch mal, und das Hotel andererseits, das komplett voll ist mit Leuten, die bestimmt auch alle was von mir wollen.

Den Schlüssel für die Sauna, auch wenn es draußen dreißig Grad hat.

Und einen Busfahrplan. Ach, die fahren aber arg selten hier. Als ob ich was dafürkönnte.

Und wenn man dann wohin will, um vielleicht einen Busfahrplan zu holen oder einen Ausleih-Bademantel, steht mit Sicherheit eine ganze Familie im Weg herum und glotzt blöd die braunen Fliesen an den Wänden an, als würden sie drauf warten, dass irgendeiner kommt und sagt, hier entlang, bitte folgen Sie mir zur Animation.

Ein seltsames Geräusch reißt mich aus meinen touristenfeindlichen Gedanken. Es hört sich an, als würde jemand mit Badelatschen auf eine Schwimmbadplane einprügeln. *Patsch, patsch, patsch.* Tatsächlich trägt das Mädchen, das da mit hochrotem Kopf um die Ecke schießt, Adiletten an den Füßen. Oder zumindest so, wie sagt man denn, Badelatschen.

Kia rennt wahnsinnig komisch. Als hätten die einzelnen Gliedmaßen überhaupt nichts miteinander zu tun. Aber sie kommt überraschend schnell vorwärts damit.

Dann fällt sie mir um den Hals. Macht komplett null Sinn. Ich habe keine Ahnung, was passiert. Ich spüre ihren schwer atmenden Oberkörper an meinem. Ihre Brust hebt und senkt sich, ihr Unterarm berührt meinen Nacken. Instinktiv spreize ich die Arme vom Körper ab und stehe da wie ein Tannenbaum, während eine Strähne ihrer Haare mir die Nase kitzelt.

Sie riecht gut, denke ich, aber ein passender Vergleich fällt mir nicht ein. Vorsichtig lege ich meine rechte Hand auf ihren Rücken. Ich möchte nicht, dass es zu sehr zu einer gegenseitigen Umarmung wird. Ich spüre ein paar Erhebungen, ihre Rippen, durch das T-Shirt.

Das Ganze hat nicht länger als zwei Sekunden gedauert. Es ist nichts passiert.

»Was haben sie gesagt?«, Kia schaut mich mit weit aufgerissenen hellblauen Augen an. Sie steckt voller Energie und ist wirklich interessiert. Okay.

»Ja, nicht viel, dass sie das rausgeben an die Streifen und …«

»Und?«

»Warum bist du hier, musst du nicht …?«

»… in der Schule sein, klar, aber das ist doch irgendwie wichtiger, oder?«

Während sie spricht, bewegt Kia die ganze Zeit ihre Zehen und auch die wie autonom voneinander, mal die eine, dann wieder eine ganz andere. Die Nägel sind in der Farbe ihrer Augen lackiert. Ich weiß das, weil es mir schwerfällt, sie die ganze Zeit anzuschauen, während wir reden.

»Ja«, sage ich, »okay. Und … jetzt?«

»Wir gehen zu dir«, sagt Kia. »Die anderen kommen auch gleich, die haben sich nicht sofort getraut. Ich habe gesagt, mir wäre übel. Aber gleich ist Pause und Treffpunkt ist bei dir.«

»Treffpunkt«, sage ich, »okay«, und mein Hirn fühlt sich an, als hätte jemand Sand hineingefüllt, und wenn mich jetzt, in genau diesem Moment jemand fragen würde, was ich denn bei der Polizei zu suchen gehabt hätte, es würde mir schwerfallen, mich an die Antwort zu erinnern.

»Okay«, sagt auch Kia, setzt ein aufmunterndes Gesicht auf und geht voran. Sie weiß ja, wohin.

# ZIEGE

Der Brief liegt auf dem Tisch in der Gaststube, und wir vier sitzen drum herum und schauen ihn an, als würde er irgendetwas verraten können, von sich aus.

»Mach auf«, sagt Fips.

Sie sind tatsächlich gekommen. »Weil scheiß auf Schule«, hat Lasse müde gemurmelt, »wenn so was ist.« Ich schäme mich auf eine komische, heimliche Art dafür, dass ich immer nicht so wirklich mit ihnen rechne. Dass ich eigentlich davon ausgehe, dass sie die Geschichte über Nacht schon wieder vergessen haben und ich damit jetzt alleine zurechtkommen muss. Es ist ein bisschen dumm von mir, immer davon auszugehen, dass ich mit allem allein zurechtkommen muss.

Aber die haben das kein bisschen vergessen. Die haben kaum geschlafen, sondern sich stattdessen die Hirne zermartert, waren in der Schule nur so körperlich anwesend und mussten sich gar nicht mehr extra darüber verständigen, dass sie sich danach direkt auf den Weg machen würden, hierher, zu mir.

Und Fips sagt anstatt einer Begrüßung: »Also, ich habe mir jetzt die ganze Nacht das Hirn zermartert.«

»Zermartert?«, frage ich.

»Ja, du weißt schon … Jedenfalls ist das mit der Aliensache ja wahrscheinlich wirklich Quatsch.«

»Halleluja«, sage ich. Kia hingegen scheint ihn nicht gehört zu haben oder tut zumindest erfolgreich so.

»Aber andererseits«, fährt Fips zeigefingerwedelnd fort, »was mir vorhin kam, ist Folgendes: Alien ist bei Alienentführung ja nur ein Teil des Kompositums.«

»Hä?«

»… zusammengesetztes Hauptwort.« Fips grinst stolz.

»Ja und?«

»Ja Entführung.«

Das Wort steht wie eine Statue mitten im Raum.

»Entführung«, wiederhole ich blöd.

»Na ja«, sagt Fips, »so ein Hotel, die Lage, also, ohne jetzt indiskret sein zu wollen, aber was macht ihr denn so? Umsatztechnisch, meine ich.«

»Ja, keine Ahnung, aber …«

»Vielleicht so dreihundert- bis fünfhunderttausend. Das heißt ja nicht, dass dein Alter das im Geldbeutel mit sich herumträgt, aber … Vielleicht will euch jemand … erpressen, schädigen, kaputtmachen?«

»Wieso denn, wer denn?«

Die Vorstellung kommt mir nicht weniger quatschig vor als das mit den Aliens.

»Na, denk doch mal nach!«, sagt Fips, lehnt sich etwas weiter zu mir und beginnt, zwischen den Zähnen hindurchzuflüstern: »Die Anzahl der Betten, die du hier vermieten kannst, ist begrenzt, aber nur ein paar Straßen weiter steht das bekackte Best Maritim oder wie das heißt, und das kann alle eure Gäste haben, wenn es euch nicht gibt.«

»Aber die sind voll nett eigentlich.«

»Ja nett!«, ruft Fips, der sofort wieder vergessen hat, dass er eigentlich flüstern wollte. Meine Ahnungslosigkeit scheint ihn noch mehr davon zu überzeugen, dass er mit seiner komischen neuen Mafia-Theorie recht haben könnte: »Hast du heute schon mal Mails gecheckt? Im Briefkasten geguckt?«

»Briefkasten …«, murmle ich, »ja, nee, also, nee, da war nix, aber …« Da liegt der Brief auf dem Tisch. Der Brief aus den Händen des halslosen Polizisten. Sicher kein Erpresser- oder Lösegeldbrief. Aber vielleicht ja trotzdem hilfreich auf eine Art.

»Mach auf«, sagt Fips, und ich schlucke alle unnötigen Bedenken herunter – von wegen Briefgeheimnis und was weiß ich.

Das Papier flattert zwischen meinen zitternden Fingern.

Der Umschlag ist sehr gründlich zugeklebt.

Ich reiße ihn ungeduldig in Fetzen. Ziehe zwei Dokumente heraus.

Bußgeldbescheid. Mit Foto. Das ist mein Vater, eindeutig zu erkennen, wie er komplett unentspannt hinterm Lenkrad sitzt, sich festklammert und aus Schlitzaugen auf die Straße guckt, als würde er nach irgendetwas Ausschau halten. Er wirkt riesig auf dem Foto. Als hätten sie das Michelin-Männchen in ein Spielzeugauto gezwängt.

Oder, hey, vielleicht ist das ja was, wo Kia weiterforschen kann: Die Aliens haben meinen Vater durch eine aufblasbare Riesenversion seiner selbst ersetzt, die jetzt wie wild geworden durch die Gegend rast?

Nein, im Ernst, das ist er, und er lebt, lebte zumindest am – ich suche das Datum – 21.08., also vor gut einer Woche. Wir haben ihn danach noch gesehen. Der Mann ist geblitzt worden und hat kein Wort darüber verloren und hätte das einfach bezahlt, und natürlich hätte ich auch niemals etwas mitbekommen davon, wozu auch.

»Vielleicht bedeutet das was«, sagt Lasse auf seine liebenswerte und wenig hilfreiche Art.

»Ja, meinst du?«, frage ich.

»Wo ist das denn?«

Ich muss mich zwingen, den Brief langsam zu lesen. Meine Augen huschen nur so über das Papier, in der Hoffnung, sich irgendwo an einer Adresse festhalten zu können. Aber da ist nichts. Da fehlt scheinbar die, für uns zumindest, wichtigste Information, der Ort, an dem die Aufnahme gemacht wurde. Damit man wenigstens mal wüsste, wo er war, wenn man schon nicht weiß, wo er ist.

»Unbekannte Straße.« Und Koordinaten dazu. What the fuck. Das ist doch nicht normal.

So was, denke ich, habe ich noch nicht gesehen, ich habe aber, glaube ich, auch noch nie zuvor einen Bußgeldbescheid gesehen. Von daher …

»Und wenn man jetzt nicht wüsste«, sagt Fips, »dass das direktamente von der Polizei kommt, könnte man auch genauso gut denken, da hat ein Entführer einen Hinweis platziert.«

Er nimmt den Bußgeldbescheid vom Tisch und hält ihn gegen das Licht, wie um ihn auf seine Echtheit zu prüfen, wiegt den Kopf hin und her, macht ein resigniertes Gesicht:

»Tja.«

»Oder es ist zwar von der Polizei«, sagt Kia, »aber nur im Sinne von aus dem Postfach aus der Wache, aber nicht geschrieben von der Polizei, sondern von einer, äh, Wesensart, die auf solche Dokumente auch nicht körperlich zugreifen kann.«

»Bingo«, sagt Fips, und ich kann absolut nicht glauben, dass die Scheiße jetzt tatsächlich wieder losgeht. Nicht körperlich zugreifen.

»Oh Mann«, ich halte mir beide Augen mit den Händen zu, »bitte nicht schon wieder.«

»Wieso denn?«, fragt Fips blöd. »Denk doch mal nach …«

Zum Glück, zum Glück gibt es Lasse, der, während ich herumstammle, dass ich keine Lust habe, mich mit diesem Scheiß auseinanderzusetzen, weil uns das ja nicht weiterbringt, schon gar nicht mehr zuhört, sondern die Koordinaten in sein Handy eintippt und mir jetzt die Karte hinhält, auf der die Stelle, an der mein Vater vor gut einer Woche geblitzt wurde, markiert ist.

Ich muss ein bisschen hin- und herzoomen, aber ich bin mir doch relativ sicher. Ich kenne den Ort, er ist nicht weit weg von hier, ins Land rein an so einem kleinen Nebenfluss, der irgendwo in die Weser mündet. Ich glaube, ich bin schon einmal dort gewesen, aber ich bin mir nicht sicher, weil ich wüsste nicht mehr, warum.

»Sollen wir da mal hinbiken?«, fragt Lasse, und ich nicke abwesend, weil mein Kopf automatisch versucht, das zu organisieren. Es ist noch früh. Ich kann Frau Severin genau jetzt noch mit der Wäsche helfen, die in den Trockner rein- und aus dem Trockner rausmuss beziehungsweise wahrscheinlich andersherum von der Reihenfolge her. Ich kann noch die Buchungen und Stornierungen bearbeiten, und ich kann nicht mehr mit dem Alten Herrn raus, aber das kann hoffentlich Marcel, weil ob die Hecken jetzt geschnitten sind, ist eigentlich scheißegal.

Man glaubt, denke ich, man hat den Stundenplan hinter sich und ist irgendwie sein eigener Herr, und dann muss man sich selber einen machen, und zwar für immer und den Rest seines Lebens.

Egal. Wenn mir jetzt nichts mehr dazwischenkommt, dann haut das alles hin, das ist das Wichtige. Im Kopf packe ich einen Rucksack: Wasser, Klappspaten, was zum Schreiben. Fernglas? Klappspaten? Na ja, kann man wahrscheinlich immer gebrauchen, wenn man auf der Suche ist, okay, muss auch nicht.

Kia und Fips haben von dem neuen Plan noch gar nichts mitbekommen. Sie sind weiterhin damit beschäftigt, die Theorie mit dem kontaktlosen Zugriff auf Polizeidokumente durch außerirdische Wesenheiten auszubauen, und es geht gerade um die Frage, was denn eigentlich in dem Brief hätte drinstehen sollen, schließlich wusste der Polizist, der kein Alien zu sein scheint, ja, dass es einen gibt, oder ob es wohl möglich wäre, dass die Wesen auch auf den Polizisten zugreifen …

Ein lautes Geräusch lässt uns alle zusammenfahren. Am schlimmsten Fips, dem ein spitzer Ton entweicht wie einer Maus.

Als wäre da im ersten Stock gerade etwas Massives, Schweres umgekippt. Und dann noch einmal, etwas leiser. Es poltert, aber es poltert nicht nur so vor sich hin, es poltert mit Gewalt gegen das alte Parkett. Als wollte sich jemand von oben zu uns durcharbeiten.

Fips klammert sich sofort an die Tischkante. Kia und er sehen aus, als hätten sie genau darauf nur gewartet. Dass sie jetzt bestätigt werden. Als würde da was kommen, um sie zu holen, und während ich noch damit beschäftigt bin, das einzuordnen und zu versuchen, mich daran zu erinnern, ob ich genau dieses Geräusch vielleicht schon einmal gehört habe, torkelt schlaftrunken der Alte Herr aus dem Nebenraum. Und schlägt an.

Er bellt ein, zwei, drei Mal und klingt sehr unfreundlich dabei, und das heißt jetzt zumindest irgendwas, das nicht dem normalen Ablauf an diesem Ort entspricht. Der macht das sonst nicht. Der macht das nie.

Ich schnappe ihn am Halsband und gemeinsam tasten wir uns in Richtung der Treppe vor. Es ist so still. Man könnte meinen, wir hätten uns das Gepolter nur eingebildet. Die Gesichter meiner Freunde sehen aber immer noch so aus, als hätten sie ein Gespenst gesehen. Glotzäugig. Ich bin mir schon wieder nicht so sicher, ob die hilfreich sein können.

Ich stehe hier jedenfalls allein mit meinem Hund am Fußende der Treppe, als – wie soll ich es beschreiben – die Dielen über uns unter den Füßen von kämpfenden Gestalten mit Hufen knarzen. Und dann ächzt eine sehr alte Frau sehr laut. Oder sie versucht, um Hilfe zu schreien, während die gerade erdrosselt wird und schon kaum noch Luft bekommt durch ihren alten Hals, der zusammengedrückt wird, als wäre es nur eine Klopapierrolle.

Das Bild in meinem Kopf ist klar: Der Teufel holt sich

unsere älteste Kundin, Frau Markwort, und sie wehrt sich und ringt mit ihm. Es geht schließlich um ihr Leben. Sie entwickelt noch einmal Bärenkräfte, die selbst den Teufel erstaunen, und sie wirft ihn polternd aufs alte Parkett. Allerdings wohnt die alte Markwort im zweiten, nicht im ersten Stock.

Die Frage liegt auf der Hand, aber ich kann kaum glauben, dass ich sie stellen muss, dass ich in meiner jungen Karriere als Hotelier bereits in einer Situation bin, die das Aussprechen dieser Worte nötig und sinnvoll erscheinen lässt:

»Herr Berger, warum haben Sie eine Ziege in Ihrem Zimmer?«

Berger, das ist der Maler. Sein Zimmer schaut aus, als hätte hier ein wildes Tier gewütet. Denn genau das ist passiert.

Ein Stuhl liegt auf dem Boden, die Rückenlehne ist gebrochen, genauso wie der Spiegel, der an der Wand heruntergerutscht ist, der Boden ist übersät mit angekauten, angespeichelten Salatblättern, aus dem Kissen quellen Federn, und nicht wenige davon segeln durch die Luft und verfangen sich in Bergers filzig grauen Haaren. Es stinkt nach Stall und Kot.

Die Ziege, das weiß-braune Tier, das dem Maler etwa bis zur Hüfte reicht, schaut auf den Boden, eher erschöpft als verschämt. Sie schüttelt ihr struppiges Fell aus und ächzt oder meckert noch einmal, diesmal leiser, während sie, begleitet von einem flatternden Furz, eine gute Handvoll Kötel auf den Dielenboden fallen lässt. Und alles, woran ich denken kann, bin ich, der die Kötel später, womit? … Mit den Händen, einem Messer? … aus den Fugen zwischen den Dielen kratzen wird.

Der Alte Herr zerrt jetzt an mir, er knurrt und scharrt mit den Krallen. Ich weiß nicht, ob er nur so tut, weil er genau weiß, dass ich ihn ja festhalte und er seiner Rolle als Wachhund wenigstens einmal gerecht werden will. Oder ob hier wirklich sein Instinkt spürbar wird.

Und Berger steht da mittendrin und sagt in seinem krachenden, knackenden Schweizer Akzent:

»Das hab ich mir auch anders vorgestellt, das muss ich schon sagen, oder.«

»Wie bitte?«

»Das mit der Ziege.«

»Ja, schon klar, Herr Berger, aber warum denn …?«

Logisch, dass mir das unangenehm ist. Ich bin ein siebzehnjähriger Typ, der hier in diesem Moment durchgreifen muss, weil dieser erwachsene Mensch es für eine gute Idee hält, sich eine Ziege aufs Hotelzimmer mitzunehmen. Ich weiß nicht, was man in dieser Situation tut. Ich würde jetzt meinen Vater holen.

»Na, malen muss ich die, oder.«

Die Ziege wird ungeduldig. Sie trampelt unruhig über den Boden, ich kann die Kerben und Kratzer sehen, die ihre Hufe im Parkett hinterlassen. Sie fängt an, am Bettlaken zu knabbern.

»Ja nein, das müssen Sie gar nicht«, sage ich. »Sie müssen jetzt schauen, dass Sie das Vieh aus dem Hotel schaffen.«

»Zwei Stunden, okay?« Der Maler hebt Zeige- und Mittelfinger wie zum Peace-Zeichen. Erst jetzt entdecke ich zwischen Bett und Wand die Staffelei, eine wild bekleckste

Leinwand: vor dem Hintergrund gelber Explosionen ein schwarzes Ungetüm in Ziegenform. Das nun, dafür, für ein Bild, das, wenn ich das gemalt hätte, schöner geworden wäre, und zwar ohne lebendes Modell und Scheiße in den Fugen – dafür diesen Ärger.

Ich mache einen Schritt zur Seite, aus dem Zimmer von Herrn Berger heraus und auf den Gang. Den unablässig knurrenden Alten Herrn halte ich links. Ich will das über die Bühne bringen, ohne herumzuschreien. Ich mache eine Geste wie ein Kellner, der einem Gast seinen reservierten Platz zeigt:

»Raus«, sage ich. Und Berger, der alte Vollidiot, fingert sich nervös im Bart rum und schaut, als wüsste er nicht, wie ihm geschieht, und warum überhaupt, was er denn wohl falsch gemacht hat, und guckt nach links und rechts, als ob da noch jemand stünde, den er um Rat fragen könnte, und will an mir vorbei aus dem Zimmer gehen.

»Mit der Ziege!«, und jetzt muss ich doch lauter werden.»Die Ziege mitnehmen, Mann, was ist denn los mit Ihnen?«

Leer sieht das Schlachtfeld, das die beiden, Berger und Ziege, hier angerichtet haben, noch eindrucksvoller aus. Die haben wirklich miteinander gekämpft, auch wenn man sich das jetzt, wie sie so Seite an Seite friedlich nebeneinanderher gehen, kaum noch vorstellen kann. Berger tätschelt der Ziege sogar den Kopf. Als hätten die beiden gerade ein großes Unheil überstanden und sich jetzt einen Kakao verdient.

Der Alte Herr ist immer noch ganz aufgeregt. Man kann sich vorstellen, was das mit seinen Sinnen macht, der Gestank, der schon bei mir Kopfschmerzen verursacht. Dieses fremde, seltsame Tier, einem solchen ist er noch nie so nahe gewesen. Wer weiß, denke ich, vielleicht will er ja wirklich nur mal schnuppern. Als Berger und die Ziege gerade die Treppe erreicht haben, gebe ich nach. Ich atme aus. Ich entspanne mich. Ich lasse sein Halsband los.

Ich glaube, der Alte Herr will die zwei wirklich vorwarnen sozusagen, denn er bellt einmal und dann noch einmal und hört sich dabei eigentlich ganz freundlich an. Aber natürlich erschrickt der Berger, als er sieht, dass unser Hund, groß und zottelig, wie er ist, auf ihn zujagt, und reflexartig greift Berger nach der Ziege, die bestimmt dreißig, vierzig Kilo wiegt, und nimmt sie auf die Arme wie sein Kind, das er schützen muss. Und während der Alte Herr fröhlich bellend an ihm hochspringt, rennt der Maler mit wehendem Bart und einer weiß-braunen Ziege auf dem Arm die Treppe hinunter, stolpert unten fast über den Teppich, knallt gegen die Tür nach draußen, lässt die Ziege fallen, die verwirrt neben ihm hertaumelt, hinaus, wo der Herr die beiden tatsächlich in Ruhe lässt.

Er wollte die bloß ein bisschen ärgern.

Und ich stehe noch immer oben an der Treppe und mir wird bewusst, dass alle, wirklich alle dieses Schauspiel mitverfolgt haben. Da ist Frau Severin mit einem Wäschekorb in den Händen. Da ist Gino, und da ist Marcel, der seine schmutzigen Hände an der Hose abwischt. Und meine Freunde, die ihre Köpfe aus der Stube recken. Und da sind natürlich auch die Gäste, die verwirrte Köpfe aus ihren Türen recken und eigentlich fragen wollen, was der Lärm soll, sich dann aber doch nicht trauen.

Und im ganzen Haus ist Gelächter, das uns für einen Moment die Beschissenheit unserer Lage vergessen lässt.

Was zur Hölle ist hier gerade passiert?

# ANGELN

Ich erinnere mich an diesen Tag, es muss vielleicht drei oder vier Jahre her sein, an dem mein Vater noch einmal alle Überwindung zusammennahm. Es war ihm anzusehen, dass das ein Kraftakt war. Er hatte sich irgendwie zu einer inneren Überzeugung gebracht, wie ein Waldarbeiter, der einen Baumstamm durchs Unterholz zerrt, einen viel zu schweren. Und es nur schafft, weil es ja sein muss. Er wollte ein guter Vater sein.

Was sagt ein guter Vater?

»Möchtet ihr mal zum Angeln gehen?«

Wir wussten, Jakob und ich, dass wir Angelruten besaßen. Keine, die man noch an Gäste verleihen würde. Sie lagen im Keller, im Raum mit der zusammengeklappten Tischtennisplatte und den porösen Wasserbällen. Wir hatten sie nie als etwas betrachtet, das man tatsächlich benutzen konnte.

Wahrscheinlich verstanden wir in dem Moment schon, worum es eigentlich ging. Jakob und ich sahen uns an, und jeder wartete darauf, dass der andere die Frage beantwortete.

Papa ruckelte mit seinem Oberkörper vor und zurück. Ganz komisch. Auch das Bild vergesse ich nie. Vielleicht hoffte er, wir würden Nein sagen.

»Wir fangen den Gästen ihr Abendessen.«

»So viel?«, fragte ich, was natürlich eine wahnsinnig blöde Frage war, aber Papa lächelte immerhin.

»Haben wir denn …«, wollte Jakob wissen, »… hast du einen Angelschein, oder wie das heißt?«

Unser Vater schüttelte den schweren, kahlen Kopf. »Gar nicht nötig. Ich weiß eine Bucht, wo ich mit Paul manchmal war. Da kommt keiner.«

»Okay«, sagten wir oder Jakob oder ich.

Und dann verschwand er im Keller. Er hatte einen Moment lang so ähnlich wie glücklich ausgesehen, vorfreudig vielleicht. Das konnte funktionieren, dachte er sich möglicherweise, das traute er sich zu. Zum ersten Mal seit Monaten würde er mit seinen Söhnen zusammen das Haus verlassen, eine gemeinsame Unternehmung.

Es dauerte. Er ließ sich Zeit. Jakob und ich blieben nicht vor der Kellertreppe stehen, um zu warten. Wir legten uns aufs Sofa. Wahrscheinlich lief der Fernseher, wahrscheinlich schaute Jakob auf sein Handy, und ich blätterte, ohne zu lesen, in der Fernsehzeitung, weil mir die Frau, die vorne drauf abgebildet war, gefiel.

Und ich weiß, dass ich mich müde fühlte, nicht vorfreudig. Ich weiß, dass ich dachte, Jakobs Frage nach dem Angelschein oder wie das hieß, hatte danach geklungen, als wäre er auf der Suche nach einer Ausrede, nach einem Grund, damit das nicht stattfand. Wir taten das, weil wir verpflichtet waren, unserem Vater eine Freude zu machen, der versuchte, uns eine Freude zu machen.

Was macht ein guter Vater? Angeln. Wie in den Filmen. Er würde noch einen Versuch unternehmen, so zu sein. Uns zeigen, wie man es richtig anstellt, und dann Sätze sagen wie: »Das ist ein besonders Schöner.« Oder: »Heute beißen sie nicht, das gehört dazu.«

Und am Ende würde Jakob derjenige sein, der ihn auf dem Heimweg daran erinnerte, dass man jetzt aber noch irgendwo Fisch kaufen musste.

Er kam nicht wieder vom Keller hoch.

Irgendwann ging ich nachschauen, wo er blieb. Ich fand ihn in dem Raum mit der zusammengeklappten Tischtennisplatte und den porösen Wasserbällen. Er saß auf einem winzigen dreibeinigen Plastikhocker, der unter seinem massigen Körper fast verschwand, sodass ich kurz dachte, er würde schweben. Drei Angelruten lagen vor ihm auf dem Boden, die Schnüre in chaotischen Knoten miteinander verknäult. Keine Chance, das aufzulösen.

Mein Vater hatte das Gesicht in beiden Händen vergraben und sah mich nicht an, als ich den Raum betrat. Ich nahm ihn an der Hand und seine Hand war nass. Er war ein trauriger alter Elefant, den ich die Treppe hochzog, und dann schloss ich die Tür zum Keller hinter uns, und übers Angeln verloren wir an diesem Tag kein Wort mehr.

Ich erinnere mich an einen Tag, der später folgte, im Winter. Wir hatten kaum Gäste, nur ein paar Business-Typen. Über Nacht hatte es geschneit. Das kam schon manchmal vor, aber an diesem Morgen schaute ich aus dem Fenster und der Schnee war liegen geblieben. Weißer, glitzernder Strand, eine richtige Decke. Das kam nun einigermaßen selten vor.

Mein Vater war auch diesmal in den Keller gegangen.

Aber mit Angeln hatte das nichts zu tun. Er kam wieder hoch und verließ das Haus mit einer Schneeschaufel. Wir hörten, wie er schippte, wie er die Wege vom Schnee befreite, damit bloß niemand ausrutschte und sich das Steißbein prellte oder so. Er funktionierte jetzt. Das gehörte zu seiner Pflicht, seiner Verantwortung. Der fallende Schnee hatte diese Schneeschipp-Funktion aktiviert.

Als er das zweite Mal an uns vorbeikam, hinterließ er kleine, schmelzende Haufen auf dem Teppich. Als er das dritte Mal an uns vorbeikam, trug er einen Sack unterm Arm: Streusalz. Jakob und ich sahen aus dem Fenster und betrachteten unseren Vater, wie er mit einer kleinen Schaufel Streusalz verteilte. Und natürlich fiel Jakob wie mir auf, dass seine Lippen gespitzt waren, weil er ein Lied dabei pfiff.

Seine Wangen waren rosig von der Kälte, und seine Augen glitzerten, und er betrachtete uns spöttisch, weil wir in Schlafanzughosen auf der Eckbank lümmelten. Papa klatschte in die Hände, die in dicken Handschuhen steckten, und Eiskristalle flogen durch die Luft, und seine Stimme donnerte laut durch die Stube:

»Auf, auf! Schlitten fahren!«

Wir besaßen tatsächlich keinen Schlitten. Wir hatten auch gar keinen Rodelberg oder so in der Nähe. Wir sagten »Okay« und waren gespannt, was er sich ausgedacht hatte. Ich für meinen Teil befürchtete, dass sich die Angel-Geschichte auf eine andere Art wiederholen würde.

Keine halbe Stunde später saßen wir im Auto, Jakob, der Alte Herr, unser Vater und ich. Auf meinem Schoß lag wie auf dem Schoß meines Bruders wie auf dem leeren Beifahrersitz ein Klodeckel. Der Schnee, vielleicht die Kälte, hatte unseren Vater irgendwie aufgeweckt. Er war wie ferngesteuert durch das Hotel geeilt, einen Schraubenzieher in der Hand, hatte in leer stehenden Zimmern die Klodeckel demontiert und sich unter den Arm geklemmt.

Wir hatten das Hotel stehen gelassen, als gäbe es nichts zu tun, als hätten wir nicht wenige, sondern null Gäste. Und Papa drückte aufs Gas und raste, um einer möglichen Schneeschmelze zuvorzukommen, in Richtung der Dünen. Wir stapften durch den Schnee, der mir schnell von oben her in die Schuhe drang. Papa murmelte vor sich hin. Er wusste eine Stelle, er erinnerte sich an einen schneereichen Winter vor vielen Jahren. Außer uns waren einige Spaziergänger unterwegs. Aber niemand mit Klodeckeln. Wir quälten uns die höchste Erhebung hinauf, meine Füße waren zu Eisklumpen gefroren. Aber alleine das war es wert: Weiß in alle Richtungen, dass es blendete, und daneben das Meer, das in sanften Wellen an den Schneestrand schwappte.

Wir waren auf einem seltsamen Planeten gelandet.

Als ich den Klodeckel zum ersten Mal auf den Schnee legte, glitschte er mir sofort weg und sauste brutal schnell die Düne hinunter. Papa bog sich vor Lachen.

»Was für ein Geschoss!«, rief er.

Mit der Zeit ging es besser. Wir fuhren um die Wette. Wir fuhren unermüdlich. Man musste sich nur trauen, freihändig zu fahren, um mit den Armen ein bisschen balancieren zu können, bis man bei der ersten Bodenwelle safe abgeworfen wurde. Dann musste man sich aus dem Schnee wühlen und dem Deckel nachjagen, der im Schnee gar nicht so leicht zu finden war, wenn man ihn einmal aus den Augen verloren hatte.

Gerade eben hatte mich eine Unebenheit unseres Schlittenbergs innerhalb einer Sekunde von gefühlt hundert auf null abgebremst. Der Klodeckel blieb stecken, ich flog weiter dahin, segelte einen unendlichen Moment lang durch die Luft, blieb hängen, überschlug mich und landete Kopf voraus in einem Schneehügel. Ich hatte schreiend meinen Mund weit aufgerissen, jetzt hatte ich die Backen voll eiskaltem Schnee und vor den Augen nichts als das schwarze Nichts und ein paar tanzende Sterne.

Es dauerte einen Moment, bis es mir gelang, mich aufzurappeln.

Das war's, dachte ich, mir reicht's. Ich lag im Schnee und blinzelte gegen die Sonne, mein Körper pulsierte, ich wollte für immer so liegen bleiben, atmete tief aus und hörte noch, wie jemand, wahrscheinlich mein Bruder, »Vorsicht!«, rief, aber wenn jemand »Vorsicht!« ruft, ist es meistens schon zu spät. Das Geschoss flog wie ein Ufo auf mich zu. Ich sah es noch. Und dann hörte ich es, ich konnte hören, wie Jakobs Klodeckel mir gegen die Schläfe schlug.

Ich war sofort bewusstlos. Ausgeknockt wie ein Boxer. Von einem, man kann das gar nicht oft genug dazusagen, Klodeckel.

Der Hund brachte mich wieder zu Bewusstsein. Er leckte mir übers Gesicht. Papa kam sofort angerannt, wuchtete mich hoch und legte mich über seine Schulter. Wenig später lag mein Kopf auf seinen Oberschenkeln in einem Raum, in dem viel zu helle Neonröhren strahlten. Ein Wartezimmer. Mein Kopf pulsierte und dröhnte vor sich hin. Krankenhaus, dachte ich und wollte hier nicht sein.

Eine Ärztin zeigte mir ihre Finger und fragte, wie viele,

wollte wissen, wie ich hieß, wo ich herkam, wann ich geboren und was passiert sei. Ich wusste es, sie notierte es und war zufrieden mit mir. Waren aber auch einfache Fragen.

Ich hatte Glück gehabt, keine Platzwunde, keine Gehirnerschütterung, nur eine massive Beule, ein Horn, wie mein Vater sagte, das sich von links in mein Blickfeld schob. Da könne man nicht viel machen, meinte die Ärztin, nur kühlen, viel kühlen. Noch draußen auf dem Parkplatz formte Papa mit seinen großen Händen einen großen Schneeball. Ich durfte auf dem Beifahrersitz mitfahren. Während der Heimfahrt zum Hotel lenkte er nur mit der linken Hand, mit der rechten drückte er den Schneeball gegen mein Horn.

# DER NORMALE AUSFLUG

Bergers Zimmer sah wieder halbwegs normal aus. Nur etwas leer. Wir hatten vier Stunden lang aufgeräumt. Wir hatten die Scherben zusammengekehrt und den Müll in die Tonne vorm Haus geleert. Wir waren mit dem Staubsaugerrohr hinter Federn hergejagt. Wir hatten all seine Habseligkeiten auf das Bett geworfen und gemeinsam beschlossen, er müsse sofort abreisen, Hausverbot. Wir hatten uns gut damit gefühlt, in dieser Einigkeit.

Ich suchte eine Liste oder etwas in der Art, ein Dokument, in dem man festhielt, wer Hausverbot hatte, und fand keines. Vielleicht war das der erste Fall im Hotel Knutt.

Und natürlich wussten meine Freunde, dass es meine, nicht ihre Aufgabe war, das dem Mann zu verklickern, der nicht gerade für seine Umgänglichkeit bekannt war.

Wir hatten auch die Kötel aus den Fugen geangelt, und manche der Kötel waren hart gewesen und andere eher weich, und die hatte man dann zerdrückt und verschmiert, und wenn ich ehrlich bin, glaube ich, meine Finger riechen noch immer ein bisschen nach Ziegenkacke. Aber ich habe meine Hände jetzt zehn Mal gewaschen, heiß und mit Seife, und was soll ich sonst noch tun.

Und nachdem wir die Stullen verspeist hatten, die Gino

uns wortlos an unserem neuen Stammplatz hinterlegt hatte, war mein Ärger endlich verdampft. Ich wollte den Berger nicht mehr würgen, ich wollte nichts mehr, nur noch hier sitzen und die Augen im Holz der alten Bar zählen, bis ich eingeschlafen war.

Und das war der Moment, als Fips sagte: »Dann wollen wir mal, oder?«

Ich brauchte einen Moment, um zu verstehen, was genau wir jetzt wollten. Der Brief, die Koordinaten, ach ja. Wir wollten.

Lasse fährt voraus, weil der dieses GPS-Ding ausgecheckt hat. Und weil er, Sportler, der er ist, eh immer am schnellsten fährt, automatisch und obwohl er das mit Abstand älteste Bike hat. Lasse: blaues Herrenrad, das er in der Garage seines Opas gefunden und hergerichtet hat. Jetzt klappert es zwar noch ziemlich laut, glänzt aber auch ziemlich schön.

Fips: komplett übertriebenes Mountainbike mit Federgabel und so. Ist auch der Einzige, der Helm trägt. Immer. Und wenn einer was sagt deswegen, so in die Richtung, was soll deinem Holzkopf schon passieren, haha, na ja, dann reagiert er megaempfindlich. Also sagt man lieber nix.

Kia: voll das elegante Damenrad, weiß, sogar die Reifen, und ohne viel Schnickschnack, nicht mal ein Markenname oder so, gleitet quasi lautlos dahin.

Na ja, und ich fahre das Ding, das Jakob hiergelassen hat und das ich nicht fahren soll, weil angeblich voll teuer. Irgendwann will er es holen, hat er jetzt schon ein paarmal gesagt, und bis es so weit ist, nutze ich seine Abwesenheit aus. Es ist mir zwar etwas zu groß, aber dafür hat es fast so dünne Reifen wie ein Rennrad und einen Lenker mit kleinen, nicht zu angebermäßigen Hörnern.

Ich hab was übrig für Fahrräder irgendwie. Und ich schau uns gerne an, wie wir so dahinfahren wie in einem alten Highschool-Film oder so. Jeder, der uns sieht, denkt, wir machen einen voll netten Ausflug an den See und trinken Radler und knutschen rum. Dass wir eigentlich meinen Vater suchen und, einfach weil uns auch nichts Besseres einfällt, einer Spur nachgehen, die eine Woche alt ist und wahrscheinlich gar nichts bedeutet, das würde bei diesem Anblick niemand denken.

»Hey, Josh«, das ist Kia, die lautlos gleitend zu mir aufgeschlossen hat, »was ist dein Papa denn für 'n Sternzeichen?«

»Boah, keine Ahnung, du.«

»Wann ist sein Geburtstag?«

»Ding, äh …«, ich muss überlegen, megapeinlich. Kurz bin ich abgelenkt, weil Kia irgendwie so entschlossen und elegant in die Pedale tritt und ihr das ziemlich gut steht. Sie sieht größer aus auf einmal. Und ihre Haare wehen wie Schlingpflanzen unter Wasser. Komischer Gedanke. Wie bei so einer, keine Ahnung, Disneyfilm-Unterwasserhexe, aber stimmt einfach irgendwie.

»Warte«, sagt sie, bevor ich zu Ende antworten kann, »lass raten … März, April, Widder.«

»Warum denn?«

»Geschäftsführer, Anführer, aber unkontrolliert, impulsiv. Vergisst sich, verschwindet.«

»Nee, stimmt nicht. Einundzwanzigster Februar.«

»Was, Fisch …? Never, ey.« Sie grinst breit, zeigt ihre Zähne.

»Haha, ja, sorry.«

»Fröhlich, aber entscheidungsschwach, ein kreativer, sensibler Typ …?«

»Eher voll nicht so, Kia.«

Kia verzieht den Mund, sie sieht richtig enttäuscht aus.

»Weißt du«, sage ich schnell, weil ich das Gefühl habe, mir ist gerade ein halbwegs schlauer Gedanke gekommen, »ich glaub da ja sowieso nicht dran. Aber wenn ich dran glauben würde, würde ich ja wahrscheinlich nicht sagen, der Steinbock ist immer so und so. Weil, keine Ahnung … du kennst doch Menschen: Jeder ist mal impulsiv oder sensibel oder, was war das noch? Entscheidungsschwach. Und dieselben Menschen sind dann in einer anderen Situation … entscheidungsstark, oder? Man ist ja nicht jeden Tag gleich, nur weil man irgendwie im Februar Geburtstag hat. Oder?«

Kia nickt bedächtig, und dann wendet sie mir ihren Kopf zu und schaut mich ganz lange und durchdringend an, während sie weiter geradeaus fährt, was mir ein bisschen Sorgen macht. Und mir wird klar, dass das der längste Text war, den sie wahrscheinlich jemals aus meinem Mund gehört hat. Und der war immerhin nur so halb doof.

Sie überlegt, sie will auch etwas Schlaues sagen, aber sie fährt direkt auf so einen weiß-rot gestreiften Pfosten zu, und ich rufe natürlich, aber Kia schlenkert einfach ganz lässig, in einer sauberen, einhändig gelenkten Kurve drum herum, als hätte sie noch ein paar Augen überm Ohr, und sie schaut mich immer noch an und sagt:

»Und was bist du für ein Sternzeichen?«

Ich muss lachen und schüttle den Kopf.

Der Weg ist ein gutes Stück weiter als gedacht, und wir fahren fast eineinhalb Stunden, bis wir am Ziel sind. Wir veranstalten kleine Wettrennen, die immer Lasse gewinnt. Kia schaut beim Fahren viel zu wenig auf den Weg. Mir fliegt eine Fliege ins Auge, und zwar nicht so eine kleine, sondern eine fette. Und Fips legt einen guten Teil der Strecke auf seinem Gepäckträger sitzend zurück. Wie gesagt: Man könnte denken, ein normaler Ausflug von jungen, fröhlichen Menschen.

Und dann: eine nichtssagende Kreuzung im sumpfigen Flachland, im Nirgendwo. Felder und Gras, dahinten ein paar Bäume, ein großer Vogel, der aus dem Schilf aufsteigt.

Was sollte er hier gewollt haben? Einen Blitzer sehe ich auch nicht. Wir stehen und lassen blöd unseren Blick über das Gelände streifen, als müssten wir ihn jetzt, wo wir endlich da sind, bloß noch entdecken, hinter einem Baum oder unter einem Stein. Ach, da ist er ja.

Fips hebt die Hände zum Mund und formt einen Trichter, und dann ruft er: »Fraaank!«

Ich könnte mir auch verarscht vorkommen bei so einer Aktion. Aber ein bisschen ernst ist ihm das auch, und das finde ich zwar dämlich, aber auch schön.

Lasse schaut schweigend vor sich hin. Er späht das Gelände aus. Lässt seinen Blick übers Grasland streifen, am Deich entlang, der von hier nur ein lang gezogener Erdhügel ist, und über die flimmernden Türme einer Fabrik, und er macht ein Gesicht dabei wie einer, der sehr scharf nachdenken muss.

Lasse deutet in die Ferne und sagt: »Lasst mal da vorne schauen, da kann man abbiegen und zum Fluss runter und dann da über die Brücke …«

Er scheint seiner Sache auf einmal ganz sicher und wartet unseren Widerspruch gar nicht erst ab, er ist schon aufgestiegen und losgerollt. Ich weiß, dass er sich hier besser auskennt als wir, weil Lasse manchmal einfach stundenlang Fahrrad fahren geht, um fit zu bleiben oder so. Und ich fände das viel zu langweilig, um mich da anzuschließen.

Trotzdem weiß ich nicht recht, warum wir ihm jetzt so wie die Lämmer hinterherfahren. Er hat wohl so eine Art Eingebung, und wir folgen ihm über die Brücke, die über das dünne, vom Schilf eingewachsene Flüsschen führt, und dann an einem Waldrand entlang. Im Wald stehen vereinzelte Wohnwagen und Wohnmobile, und man weiß nicht genau, ob da hinter den gehäkelten Gardinen noch Menschen sitzen und Karten spielen oder ob diese Gefährte vor Jahren stehen gelassen und vergessen wurden. Und dann fahren wir ein Stück durch den Wald, ein holpriger Weg, Wurzeln, die sich mühsam aus der Erde drücken, und dahinter bleiben wir vor einem Zaun stehen.

Der Gebrauchtwagenhandel ist wie ein eigenes Land, denke ich, als ich davorstehe und auf den ersten Blick nur noch blinkendes Blech erkenne, so weit ich überhaupt sehen kann. Wie ein Land aus Blech und irgendwo im Zentrum des Ganzen sitzt der König in seinem kleinen Häuschen und wacht über sein Blech.

»Wusst ich's doch«, sagt Lasse zufrieden.

»Was?«, frage ich.

»Das ist voll der krasse Ort. Ich war hier schon mal. Das geht dahinten noch endlos weiter in die Richtung, und die verkaufen quasi alles, was man sich vorstellen kann.«

»Also so Schrottautos, oder?«, sage ich.

»Alles, was irgendwie fährt. Autos, Traktoren, Lkws, Wohnmobile, Dings, Boote, Flugzeuge, Hubschrauber …«

»Erzähl kein' Quatsch, Lassie.«

»Doch, kommt mal«, sagt Lasse und steigt schon wieder auf sein Fahrrad. Der Ort scheint ihn richtig mit Energie anzufüllen. Seine Wangen laufen rosa an, seine Augen funkeln, und er strampelt mit seinen dünnen Beinen an dem Zaun entlang, bremst nach ein paar Hundert Metern wieder ab, wirft sein Fahrrad in die Wiese und klettert am Zaun hoch, bis fast nach ganz oben.

»Das da«, ruft er uns zu und deutet auf eine Art Pick-up-Truck mit fetter Ladefläche, ein rostiger alter Amischlitten, aber irgendwie schön. Lasse kichert. »Genau das.«

»Was ist damit?«, fragt Fips.

»Da ist sogar noch Wasser drin!«, antwortet Lasse begeistert. Absolut rätselhaft, was er damit sagen will. Er springt wieder runter vom Zaun. »Diese Frau, die Gebrauchtwagenchefin, hat das mit so einer Pool-Plane abgedichtet: ein fahrendes Schwimmbad.«

»Ziemlich cool eigentlich«, sagt Fips.

»Ja schon. Aber das hat die nicht für sich gemacht, sondern – ah, Mann, das glaubt ihr eh nicht! Aber ich hab das gelesen vor paar Tagen, ich schwör's euch.«

»Sag schon«, dränge ich ihn.

»Die hat sich da ein Krokodil gehalten.«

Und das ist natürlich einigermaßen schwer zu glauben, auch wenn Lasse nicht dafür bekannt ist, sich irgendwelche Storys auszudenken oder so. Aber Fips und ich und sogar Kia lachen ihn logischerweise erst mal aus für den Quatsch.

»Dadrin, oder, ein Krokodil«, sagt Fips nach Luft japsend.

»Ja, jetzt nicht so ein Oschi, so ein Salzwasserkrokodil«, sagt Lasse. Ich wusste nicht, dass der sich so gut mit Echsen auskennt, ich denke darüber nach, ob mir ein guter neuer Spitzname für ihn einfällt. »Eher so ein …«

»Eidechse!«, falle ich ihm ins Wort. Wir brechen wieder in Gelächter aus. Nur Lasse bleibt ganz ernst.

»Nein, nein, so Kaiman-Größe, vielleicht einen Meter, eins fünfzig lang.«

»Echsenmann … lizard boy …«, überlege ich, während er, der Echsenmann, also Lasse, damit beginnt, in seiner Tasche nach seinem Handy zu kramen, er sucht nach etwas und murmelt vor sich hin, dass er gleich gewusst hätte, dass wir ihm das nicht glauben würden, aber dass er es doch ganz sicher gesehen habe, und ach ja, genau da, da ist es ja.

Er hält uns das Display hin: Eine Frau mit Anglerhut und komplett eingekleidet in diesem beigen Wüsten-Tarn grinst breit, mit vielen Zähnen, in die Kamera. Sie steht genau vor dem rostigen Pick-up-Truck, und auf ihren Armen hält sie ein Krokodil, das ein bisschen so ähnlich in die Kamera grinst wie die Getarnte. Die Unterzeile unter der Schlagzeile verrät, dass ihr die Polizei das Krokodil weggenommen hat.

»Tiger Queen vom Marschland.«

Ich muss natürlich an Herrn Berger und seine Ziege denken. Glück gehabt, denke ich, dass der kein Krokodil malen wollte.

»Was ist nur mit den Leuten los?«, sage ich und mir wird fast ein bisschen schwindelig, weil mich einen Moment lang die Angst packt, dass gerade jetzt alle, alle Menschen durchdrehen, weil wegen Sonnenstürmen oder weil was mit dem Magnetfeld der Erde nicht stimmt oder so, da müsste man Kia noch mal fragen, die weiß solche Sachen. Die weiß immer auf alles eine blöde Antwort, auf die sonst keiner kommen würde. Alle drehen durch außer mir, und ich muss damit irgendwie zurechtkommen. Und mein Vater hat das vielleicht gewusst, der hat das gespürt und sich deshalb schnell aus dem Staub gemacht.

Mir wäre es lieber, ich würde auch durchdrehen, glaube ich.

Und vielleicht ist das die Erkenntnis, die ich diesem Ausflug zum Blitzer, der ja gar nicht mehr da ist, abgewinnen kann: Die einzige Motivation, die ich meinem Vater zutraue, ist, dass er gerade mal seine Ruhe will von allem. Und dass ich sein Sohn bin, weil ich das so gut nachvollziehen kann. Ich kann sogar verstehen, dass man, wenn das so ist, lieber still und heimlich abhaut. Sonst versucht ja die ganze Welt, einen davon zu überzeugen, das vielleicht lieber nicht zu machen, weil das wird doch bestimmt alles wieder. Kopf hoch. Auf Regen folgt Sonne und so weiter, dieser ganze Schwachsinn, der nur denen hilft, die das sagen. Und am Ende bleibt man dann aber doch da und macht nicht, was man eigentlich für eine gute Idee gehalten hatte.

Okay. Nur: Wenn ich als Daddy das wirklich durchziehe, will ich ja wohl eigentlich nicht, dass mein Sohn denkt, ich hätte mir vielleicht was angetan oder wäre von Aliens entführt worden. Ich will nicht, dass sich jemand Sorgen macht.

Er muss eine Botschaft hinterlassen haben. Ganz bestimmt. Und ganz bestimmt irgendwo, aber nicht hier.

Wir stehen alle immer noch ziemlich ratlos am Zaun und warten, ob Lasse weitere Storys auf Lager hat.

»Und bringt uns das jetzt weiter?«, fragt Fips irgendwann.

»Nee«, sage ich.

»Oder hat dein Vater zuletzt irgendwelche Krokodile angeschleppt oder … alte Autos …?«

»Nee«, sage ich wieder. »Wüsste echt nicht, was er genau hier gewollt hätte.«

Der ganze Ausflug war ziemlich für 'n Arsch. Müsste man jetzt eigentlich denken. Denke ich aber irgendwie nicht, noch nicht.

Ich wende mich an Kia: »Irgendwelche Spuren hier von Aliens im, Dings, elektromagnetischen … Dings?«

»Hier?«, fragt Kia ganz erstaunt. »Nee, Quatsch.«

Schön, denke ich, dass das für dich alles eher so ein Witz ist oder keine Ahnung, was, für mich halt nicht. Ich sage aber nichts, ich sage mal wieder lieber nichts und lasse stattdessen meinen Blick noch einmal über das Gelände schweifen.

Bis er an einer funkelnden Karosserie hängen bleibt. Bis ich ihn sehe. Dahinten, also, zentral, steht das Häuschen, und dann von dort aus rechts, aber auch noch weiter nach hinten. Ich greife nach Fips' T-Shirt-Ärmel, ziehe ihn zu mir ran und deute genau dorthin.

»Ist das der Opel?«

Klar, es gibt, wie gesagt, ungefähr unendlich viele Autos auf diesem Acker. Und von diesen unendlich vielen haben ungefähr, sagen wir mal, fast die Hälfte oder so eine silberne Karosserie. Aber dieses, das da blinkt, das könnte von seiner Knubbeligkeit her genau das Auto sein, mit dem wir zum Tierarzt gefahren sind und damals zum Schlittenfahren zwischen den Dünen …

»Ja«, sagt Fips.

»Meinst du echt?«

»Keine Ahnung«, sagt Fips. »Ja heißt in dem Fall, kann gut sein.«

Wir müssen uns nicht lange darüber verständigen, was zu tun ist. Wir laufen fahrradschiebend am Zaun entlang. Ich behalte den vermeintlichen Opel im Auge und versuche gleichzeitig, Ausschau zu halten, nach einer Person, nach dieser Krokodilfrau zum Beispiel, um sie zu fragen.

Bis wir am Tor ankommen. Ein fettes Eisentor, bestimmt drei, vier, fünf Meter breit, zweiteilig und in der Mitte mit Griff, an dem ich jetzt ziehe. Das Eisentor scheppert. Die beiden Torhälften sind mit einer Eisenkette verschlossen, an der Kette baumelt ein fettes Schloss, sie ist mehrmals um die Streben gewickelt, sodass sich da auch gar kein Spielraum auftut, wo sich ein dünner Typ wie ich durchquetschen könnte.

»Fuck«, sage ich und halte Ausschau nach einer Klingel oder so. Nichts.

»Hallo!«, rufe ich wie damals in der Klinik, als ich es nicht mit einer Kette mit Vorhängeschloss, sondern mit einer dementen Omi zu tun hatte.

Fips zählt: »Zwo – drei.«

Wir rufen zu viert und gleichzeitig »Hallo!«.

Ich schicke noch ein »Hey!« hinterher.

Kein Echo. Wieder Stille, als hätten wir nie gerufen.

Da muss doch irgendjemand sein, denke ich, heute ist ein normaler Werktag, irgendjemand, der uns reinlässt, damit ich mir die Karre anschauen kann, und wenn das unsere ist, dann – keine Ahnung, kann ich immerhin nachfragen, wo der Typ denn im Anschluss hin ist, ohne Auto.

Aber der Schrottplatz bleibt stumm. Wie ein totes Land, das nur von Blech beherrscht wird. Dazwischen kriechen die Krokodile.

»Scheiße«, sage ich noch einmal.

»Keiner da«, sagt Lasse, weil jede Gruppe einen braucht, der das Offensichtliche ausspricht.

Fips rüttelt hilflos am Tor. Ich suche nach einer Stelle, an der man über den Zaun klettern könnte, der überall mit Stacheldraht endet und auch keine Löcher aufweist, durch die wir schlüpfen könnten. Man will nicht, dass wir hier eindringen, das ist völlig klar.

»Dann zurück«, sage ich, und es ist auch klar, dass wir wiederkommen müssen, wenn mein Vater nicht wiederkommt. Die anderen drei nicken und steigen auf ihre Fahrräder. Sie sehen betreten aus, so komisch traurig, als hätten sie mich gerade persönlich enttäuscht, was natürlich überhaupt nicht stimmt, sie haben mich ja unterstützt und begleitet, und vielleicht sind wir jetzt einen kleinen, winzigen

Schritt weitergekommen, auch wenn hier niemand ist, um unsere Fragen zu beantworten.

Und dann fällt mir noch was ein und ich muss ein bisschen grinsen:

»Kia«, sage ich und deute auf Lasse, »der da ist Sternzeichen Echsenmann. Ich bin Sternzeichen Ziege.«

Das war ein Witz, ich finde ihn ganz gut, Fips lacht auch, aber Kia schaut schon wieder so ernst und nachdenklich.

»Echsenmann«, sagt sie, »großes Maul und spitze Zähne und harter Panzer noch dazu. Gefährlich, wenn man ihn reizt, oder ein starker Partner an deiner Seite.« Sie genießt einen Moment lang unsere verständnislosen Gesichter und macht dann weiter: »Ziege: durchsetzungsstark und stur, will seinen eigenen Weg gehen und vertraut am meisten sich selbst. Im Grunde aber ganz warmherzig.«

# STRAND

In dieser Nacht kann ich nicht einschlafen. Und das ist jetzt nicht, weil irgendwelche Aliens draußen Schwingungen in der Luft verursachen. Das ist auch nicht, weil ich mir Sorgen mache, dass ich diesen Betrieb, dessen Chef ich jetzt wohl gerade bin, finanziell mordsmäßig an die Wand fahre. Eigentlich scheint das alles ganz gut zu laufen, obwohl ich stundenlang unterwegs bin, um zu irgendwelchen Krokodil-haltenden Gebrauchtwagenhändlerinnen zu fahren. Vielleicht auch so eine Erkenntnis: dass man den Chef, wenn's drauf ankommt, von allen Leuten am wenigsten vermisst.

Ich kann nicht schlafen, weil ich Angst habe. Weil ich nicht weiß, was passiert. Weil ich den alten Kerl vermisse. Es fehlt mir, wie er missmutig durch die Gänge tappt und die Bilder an den Wänden gerade rückt. Und wie er stöhnt, als würde ihm eine Ziege auf dem Rücken hängen, wenn das Telefon in seinem Kabuff klingelt. Wie er manchmal einen Witz macht, ganz leise, als würde er hoffen, dass niemand ihn hört.

Ich habe sein Zimmer durchsucht und sein Büro. Die Schreibtischschubladen, die Nachttischschubladen, die Rollcontainer, sogar unter der Schreibtischauflage und unter dem großen Stapel schwarz-gelb karierter Hemden habe ich nachgeschaut und keine Botschaft, keinen Brief an seinen lieben Sohn gefunden. Was nicht heißt, dass ich nicht mehr an die Existenz dieser Botschaft glauben würde. Mir muss nur das Versteck einfallen, der Ort, an dem er so etwas hinterlegen würde. Ich weiß, dass das so etwas sein wird, wo man im Nachhinein sagt: Ach so, ja klar, da hätte ich gleich draufkommen müssen.

Aber jetzt nicht. Jetzt komme ich auf gar nix. Ich kann nicht schlafen, weil ich Angst habe, und ich kann nicht schlafen, weil ich unruhig bin wie ein Mann, der in ein Krokodilgehege geworfen wird. Wie Kia mich vorhin manchmal angeguckt hat und wie sie dann noch diesen Witz mit den Sternzeichen gemacht und dabei so was mindestens Halbnettes über mich gesagt hat, hat dafür gesorgt, dass mein Herz kurz wie so gestolpert ist. Und jetzt liege ich hier, und mein Herz erinnert sich wieder an sein Stolpern und macht das noch mal, und mein Körper denkt, ich hätte Husten, und hustet, dabei ist das offensichtlich was ganz anderes.

Und ich denke: Mir passt so was Emotionales eigentlich gerade gar nicht so gut in den Kram. Dafür habe ich jetzt keine Zeit. Und ich mag die doch eigentlich auch gar nicht so gern. Das darf man jetzt nicht vergessen, nur weil die mal einen Witz macht und weil die vielleicht auch sonst ganz süß aussieht und vielleicht auch gar nicht so übertrieben komisch ist, sondern nur so tut aus Fun, gehört sie noch lange nicht zur Gang und hat hier auch immer noch nix verloren. Das darf man nicht vergessen.

Ich kann also nicht schlafen, weil ich ängstlich und unruhig bin. Und weil von draußen immer wieder das Geräusch von Schritten durch meine Tür dringt. Hastig, da rennt jemand. Aber nur kurz. Ein paar Meter rennen, dann ist wieder Stille, und ich denke, endlich ist Ruhe, jetzt kann ich mich der Aufgabe widmen, mein Gehirn davon zu überzeugen, dass das der Zeitpunkt ist, um mal einzuschlafen. Und dann wird plötzlich wieder gerannt. Ich denke, ich bin hier der Chef, ich muss für Ruhe sorgen. Aber eigentlich herrscht Ruhe, es ist absolut still, minutenlang schon, und ich widme mich wieder der Aufgabe … als – na ja gut, ihr wisst schon.

Es geht einfach immer wieder von vorne los und ist nicht berechenbar, sodass man sich drauf einstellen könnte. Und nein, ich bilde mir das Getrampel nicht ein.

Ich stehe an der Tür und draußen trampelt jemand. Darauf habe ich gewartet, ich reiße die Tür in dem Moment auf, als ich die Schritte am lautesten höre. Die Frau versteinert komplett. Sie steht genau vor meiner Tür im Gang, eingefroren in ihrer Bewegung. Und absolut nackt. Es dauert einen Moment, bis ich sie erkenne. Ich glaube, die Frau heißt Farrow oder Fathoe oder so ähnlich, eine englische Touristin. Die Frau ist sehr groß und sehr dünn. Nackt sieht sie ein bisschen so aus, als wäre das Skelett unter ihrer Haut verrutscht. Sie ist an seltsamen Stellen ausgebeult.

Mir ist völlig klar, dass wenn Miss Farrow nackt auf dem Flur steht, ihr Mister Farrow nicht weit sein kann. Mister Farrow ist ebenfalls groß und knochig, ein Schemen in meinem Augenwinkel, eine schlaksige Marionette, die beim Lebendigsein erwischt wurde und verschämt vor sich hin baumelt.

Sie: »He's awake, thank goodness.«

Ich sage: »Äh …?«

Die Frau nickt hektisch, um mir recht zu geben, jaja, das ist schon komisch und auch einfach falsch, was ich hier jetzt vor Augen habe, keine Frage.

Sie wispert mit spitzer Zunge: »We are deeply sorry, if we might have disturbed your well deserved sleep, Sir.« Sie traut sich noch immer nicht, etwas an ihrer Position zu ändern, ein Bein, ein Arm angewinkelt, festgehalten mitten im eiligen Laufschritt.

Mein Englisch ist um diese Uhrzeit noch etwas rostig: »What is going on?«

Der Mann, etwa drei Meter entfernt, schaltet sich ein. Er hält es wegen der Entfernung für nötig, mir zuzurufen: »We might have been so unlucky to lock ourselves out.«

»Schhh!«, mache ich, weil ich nicht will, dass hier gleich noch zwölf Irre, sieben Ziegen und drei Krokodile den Gang entlangmarschieren. Ausgesperrt haben sie sich, mitten in der Nacht, okay.

»We are so sorry«, wiederholt seine Frau. Und fängt vor lauter Scham an, mir zu schmeicheln: »This is such a wonderful place you have here and you seem to be a very young but also capable man in charge. We really appreciate the work you are doing and I think I'm saying that not only for us but for all the guests.«

»Okay, okay, thank you«, sage ich und bin mir für einen Moment nicht mehr ganz sicher, ob ich nicht vielleicht doch eingeschlafen bin und das hier einer dieser superrealistischen Träume ist.

Unauffällig bohre ich mir meinen Daumennagel in die

Seite meines Zeigefingers. Ich wache nicht auf. Ich stehe immer noch in meiner Tür, Auge in Auge mit der nackten Engländerin, die hier so lange nackt auf dem Gang herumrennt, bis ich safe wach bin und sie wieder in ihr Zimmer lassen kann.

Mein Kopf pulsiert. Ungefähr so: *whupp*, *whupp*, *whupp*, im Rhythmus meines Herzschlags. Sie warten darauf, dass ich ihnen helfe, und ich muss mich erst mal überwinden rauszukommen, auf den Flur, zu den Nackten.

Ich seufze und versuche, niemandem in die Augen zu schauen: »Follow me quietly, okay?«

»Absolutely«, schreit der Mann, und ich beschließe, meinen Mund zu halten, um ihm keine weiteren Anlässe zu liefern, irgendetwas zu äußern.

Nachdem ich den beiden einen Ersatzschlüssel ausgehändigt habe, worüber sie sich leicht übertrieben freuen, kehre ich in mein Zimmer zurück. Mir fällt meine Überlegung wieder ein, dass das alles kein Zufall ist. Dass das hier etwas mit der Welt zu tun hat und die Leute alle mehr oder weniger zur selben Zeit den Verstand verlieren. Und vielleicht, vielleicht, bin ich davon gar nicht ausgenommen, vielleicht gehöre ich dazu und fange gerade deshalb an, in der Nacht an die komische Kia zu denken statt beispielsweise an Mara, die ja viel normaler ist und auch besser aussieht, mal so objektiv betrachtet, wobei, was heißt schon besser …

Ich glaube, wie man jemanden sieht, oder anders, wie jemand für einen aussieht, das verändert sich ja auch, wenn man die Person kennenlernt oder sogar etwas mit ihr erlebt, und …

Ich muss an die frische Luft.

Die Luft ist tatsächlich frisch. Es ist schon richtig kühl nachts. Der Wind lässt die Schlafanzughose um meine Beine flattern, die mich ganz automatisch in Richtung Strand steuern. Der Vollmond guckt nur so ein bisschen hinter einer fetten schwarzen Wolke hervor, und ich wünschte, ich könnte einen klaren Gedanken fassen und einfach eine Lösung finden.

Und dann denke ich auf einmal, dass ich ihr jetzt schreiben werde. Ich weiß nicht, warum. Ich glaube nicht, dass Kia die Lösung parat hat. Aber von allen Leuten ist sie auf einmal die Einzige, von der ich will, dass sie weiß, dass ich hier bin und allein.

Ich finde den Weg, der durch die Dünen führt, wo das Schilfgras auf einmal grau und hässlich aussieht und im Wind schaukelt, und dann setze ich mich so an den Strand, dass die Wellen, die ankommen, meine Füße gerade so nicht erreichen und ich dabei zusehen kann, wie das Wasser in den Sand sickert. Ich glaube, dahinten flackert es in den Dünen, und manchmal trägt der Wind eine Stimme zur mir rüber. Die haben da ein Lagerfeuer, die saufen da. Wenn ich mir das nicht einbilde. Was für ein Tag ist heute überhaupt? Kenne ich die vielleicht, haben die vergessen, mir Bescheid zu sagen?

Das ist jetzt alles nicht wichtig.

Das Display meines Handys blendet mich. Ich glaube, wie ich so mit dem Handy im Dunkeln sitze, kann mich jeder von überall sehen. Ich glaube, ich habe schon jetzt, nach ungefähr zwei Sekunden Hiersitzen, Sand in der Unterhose.

Ich habe das schon mal gemacht, klar, so eine nächtliche Botschaft. Man würde jetzt schreiben, ob sie noch wach ist, und abschicken und das Handy wegstecken und gleich wieder rausholen, um nachzuschauen, ob die Nachricht angekommen ist, ob sie die gelesen hat, und wieder wegstecken und wieder rausholen, und vielleicht ist dann da schon eine Antwort … Und dann fragt man noch, wie geht's und was machst du so, und dann sagt sie irgendwann, dass sie jetzt schlafen muss, und das war's dann.

Und darauf habe ich momentan absolut keinen Bock. Damit will ich mich jetzt nicht aufhalten, mit diesem sinnlosen Affentheater. Das kommt jetzt alles, was man wissen muss, in eine Nachricht.

*Hey*, schreibe ich und lösche das wieder, weil ich daran denken muss, dass ich mal gelesen habe »Hey is for horses« bzw. »Hay is for horses«, also Heu ist für Pferde. Und dann überlege ich und schreibe trotzdem: *Hey*. Weil das ist schon gut so, das würde ich in jedem normalen Fall in eine normale Nachricht schreiben, und das ist hier ja auch gar nichts anderes als das.

Ich schreibe schnell und ohne nachzudenken: *Hey, Kia, ich kann nicht pennen, sitz am Strand, magst du mir Gesellschaft leisten?* Und dann lösche ich das mit dem Gesellschaftleisten, weil sich das anhört, als wäre ich ein vierzigjähriger Bankberater, der an der Hotelbar herumlungert, also an so einer schicken, glänzenden Hotelbar in Frankfurt oder so, nicht an unserer, und der dort versucht, jüngere Frauen anzugraben. Und ich ersetze es durch: *Magst du auch mit mir am Strand sitzen?*

Das finde ich genau ausreichend lang genug gut, um es abschicken zu können.

Ich warte und schaue aufs Meer, das gerade so vor meinen Füßen im Sand versickert. Stimmen dringen an mein Ohr. Eine Möwe schlendert auf ihren wackligen, dünnen Beinen vorbei, als könnte sie nicht fliegen. Ich lasse Sand aus einer aufgebrochenen Muschel auf meine Handfläche rieseln. Als mein Handy vibriert, reiße ich es aus meiner Schlafanzughose, wobei es ein bisschen am Stoff hängen bleibt und mir schwungvoll aus den Fingern gleitet. Ich sehe, wie es durch die Luft fliegt, der Bildschirm leuchtet, mein Handy senkt sich in Richtung der Wellen, ich gebe einen spitzen Schrei von mir und versuche gar nicht erst, es zu fangen, ich schlage mit einer seltsam unnatürlichen Bewegung danach wie ein mitteltalentierter Volleyballspieler, treffe es tatsächlich mit dem Handgelenk, und es knallt mir gegen die Stirn.

Das sah sicher komisch aus. Mein Herz rast. In der Nachricht von Kia steht: *Voll gern*. Cool, denke ich, alles normal, und dass mein Herz rast, liegt ja eh nur an der komischen Aktion mit dem Handy gerade.

»Richtig gutes Timing«, sagt Kia zur Begrüßung.

»Warum?«, frage ich.

Der Mond scheint ihr ins Gesicht und Kia lächelt. Sie hat eine kleine Zahnlücke zwischen den Schneidezähnen. Sie sieht genauso fit und wach aus wie vorhin, obwohl es jetzt wirklich mitten in der Nacht ist.

Anstatt einer Antwort deutet sie in den Himmel.

Ich sehe schwarz, und ich sehe Sterne, je länger ich ins Schwarz schaue, desto mehr Sterne tauchen auf, es ist eine funkelnde, fette Bettdecke über unseren Köpfen. Alles wie immer, denke ich, aber dann wird mir klar, dass nicht alle

Sterne gleich sind, manche tauchen auf und verschwinden wieder, und außerdem bewegen sie sich.

»Das mit deinem Papa«, sagt Kia, »das ist vielleicht schon ein bisschen krass, und ich verstehe auch voll, wenn du das nicht glaubst. Also, dass der abgeholt worden sein könnte. Um es mal so zu sagen. Aber das da«, sie deutet noch einmal, »was du da blinken siehst, das sind Besucher.«

»Besucher?«

»Na ja, schau doch mal genau hin.«

Ich habe ein ungutes Gefühl im Magen. Ich starre auf die leuchtenden, blinkenden Pseudosterne am Himmel. Es sind vielleicht fünf oder sieben. Sie tauchen auf und sie verschwinden und möglicherweise bewegen sie sich dabei so schräg nach links über den Himmel. Sie leuchten weiß, nicht gelb, und wenn man ganz genau und lange hinschaut, dann könnte man denken, dass sie irgendwie kugelförmig aussehen.

Meine Augen tun weh, ich habe vergessen zu blinzeln. Ich glaube, ich habe sogar vergessen zu atmen.

»Weiß nicht so recht«, sage ich. »Satelliten wahrscheinlich in Wirklichkeit, oder?«

»Satelliten …«, wiederholt Kia enttäuscht.

»Das sind doch bestimmt diese Elon-Musk-Dinger. Internetsatelliten.«

Kia wiegt ihren Kopf hin und her. Ihr wäre es sicherlich lieber, ich würde mich einfach ihrer Interpretation anschließen.

»Na ja, kann schon auch sein.«

Sie wechselt das Thema, will wissen, was ich hier so mache um die Uhrzeit.

»Also zuletzt habe ich das hier –«, ich zeige ihr die Muschel, aus der immer noch Sand rieselt. Körnchen für Körnchen auf meine Hand.

Kia lacht: »Das ist auf jeden Fall auch eine sinnvolle Beschäftigung.«

»Ja«, sage ich, »sinnvoll …«

Wir schweigen einen Moment, dann fange ich an zu erklären: »Also, ich konnte nicht schlafen. Erst rannten so Gestörte nackt über den Flur … Hotel halt, ne … und dann, na ja, ich wüsste einfach wirklich gerne so langsam, was los ist. Und ob das da tatsächlich sein Auto war. Mir kommt das so vor, als wenn ich die ganze Zeit eine Sache übersehen würde, eine wichtige Information, die mich beruhigen oder die alles aufklären würde oder so.«

Kia nickt ernst. Das ist jetzt etwas anderes. Diese Ufo-Sachen und so – ich nehme ihr schon ab, dass sie das glaubt. Andererseits findet sie das ja auch selber irgendwie witzig. Aber dass ich meinen Vater wirklich gern wiederfinden würde, ist eben serious business.

Wir gehen gemeinsam noch einmal alles durch. Dass mein Hund sich verletzt hat und dass mein Papa schlecht aus dem Bett kommt. Dass er in dem fensterlosen Kabuff arbeitet. Dass er eine Sporttasche aus dem Keller geholt hat. Dass er nicht Tennis spielen war. Dass er am Nachmittag einen Cognac trinkt und am Abend noch einen oder mehr. Dass er in der Klinik war. Dass er in die Klinik musste, nachdem Mama mit Hugo …

Wobei man dazusagen muss, auch das habe ich erst verstehen müssen, dass man nicht sagen kann, dass Mama schuld wäre an seinem Klinikaufenthalt und Papas klinischer Depression. Das wäre zu einfach, das so auf eine Ursache herunterzubrechen.

Ich kann ihr das sagen. Das alles. Ich habe da nie mit irgendjemandem drüber gesprochen, der es nicht eh wusste. Also Lasse und Fips zum Beispiel ahnen es vielleicht, aber wir sprechen nicht darüber. Das ist einfacher. Aber jetzt: Kein Problem, klar war der da mal und ist ja auch gut so.

Kia sagt: »Und die Sporttasche war im Keller.«

»Ja.«

»Okay.«

Sie schaut mich an und sieht auf einmal traurig oder zumindest nachdenklich aus. Ihr Blick ruht auf mir, sie versucht, mich zu durchdringen, und als ihr das anscheinend gelungen ist, nickt sie. Vielleicht empfängt Kia ja irgendwelche Nachrichten aus dem Orbit oder so. Vielleicht bin ich der Nächste, der entführt wird. Wer weiß. Ich könnte mir Schlimmeres vorstellen. Sie steht auf und klopft sich den Sand von der Hose, hält mir die Hand hin.

»Komm mal mit«, sagt sie.

»Wohin?«, frage ich. Meine Stimme zittert etwas, ich hoffe, das ist ihr nicht aufgefallen.

»Zu mir.«

# DAS MEDIUM

Etwas außerhalb, an einem sandigen Weg, steht das Haus, in dem Kia mit ihrer Mutter lebt. Es ist blau, glaube ich, weil das in dem Dämmerlicht jetzt schwer zu erkennen ist, und reetgedeckt. Das Dach reicht fast bis auf den Boden, sodass man sich darunter wahrscheinlich gut verstecken kann.

Vielleicht sitzt er ja da, denke ich, als wir durch die kleine Holztür in den Garten treten. Ich glaube, ich nehme die Welt anders wahr, seit ich auf der Suche bin. Die Welt ist größer geworden, ein verwinkelter Ort. Wenn ich verschwinden müsste, mir fiele sofort irgendetwas ein.

Hinterm Fenster brennt Licht.

Ich weiß tatsächlich nicht, was ich hier soll. Ich habe »Okay« gesagt, und schon sind wir aufgebrochen, um mein Fahrrad zu holen. Während ich Kia hinterherfuhr, schaute ich immer wieder nach oben, ob die blinkenden Kugellichter noch zu sehen waren. Die Ufos, wenn man so will. Manchmal verschwand eines hinter einem Wolkenfetzen. Manchmal schlingerte eines plötzlich auf und ab. Dachte ich, aber vielleicht war ich auch über eine Wurzel gefahren und selbst am Schlingern. Der Wind wehte salzig vom Meer rüber. Ich schwitzte und mir war kalt. Außer uns war niemand mehr auf den Straßen. Die Kugellichter folgten uns.

Zu mir, hatte sie gesagt, und seitdem sucht mein Kopf nach allen möglichen Interpretationen dieser Aussage. Weil ich dir da die Ufos besser zeigen kann. Weil ich dir meine Sammlung seltener Science-Fiction-Comics zeigen will. Weil man da in Ruhe knutschen könnte …

Kias Mutter scheint genauso wie ihre Tochter auf Schlaf zu verzichten. Vielleicht haben die beiden ja längst eine andere, alternative Energiequelle für den menschlichen Organismus entdeckt. Am Nachmittag stellen wir uns für zwei Stunden in frische Blumenerde, das reicht dann wieder für mindestens vierundzwanzig Stunden. So was in der Art. Sie öffnet uns die Tür und sieht wacher aus als ich jemals, was mich wiederum daran erinnert, dass die Sonne bald aufgeht, dass ich morgen arbeiten und am besten auch noch meinen Vater finden muss. Dass das mit dem Strand vielleicht gar nicht unbedingt die beste Idee aller Zeiten war. Dass ich nicht hier sein sollte. Hier zu sein, macht definitiv mal null Sinn. Ist jetzt aber auch zu spät.

Kias Mama sagt »Nanu?« und sie strahlt. Ihre Augen blitzen.

An den Ohren trägt Kias Mutter Federschmuck und um ihren Hals einen rötlichen Pelzschal. Erst als sie sich umdreht und uns vorausgeht, sehe ich die kleinen, platten Füße und den Schwanz mit der weißen Spitze, der ihr über den Rücken hängt. Dieser Schal war einmal ein Fuchs.

Foxy Lady, denkt mein Kopf und spielt eine Melodie. Ein Song von Jimi Hendrix, den mein Vater manchmal aufgelegt hat, an Sommerabenden auf der Terrasse, um dann ganz albern und tapsig wie ein Elefant unsere Mutter anzutanzen, was Jakob und mir wahnsinnig peinlich war. Foxy Lady. Ich bin offensichtlich total übermüdet.

Jeder, der von hier kommt, hat mindestens einmal davon gehört, was Kias Mutter beruflich macht. Die kann mit den Toten reden. Aber nur mit den toten Tieren. So zumindest habe ich das bislang immer verstanden. Kias Mutter war ein wiederkehrendes Pausenhofgespräch. Weil das natürlich gruselig ist und ziemlich seltsam und irgendwie cool.

Und ich erinnere mich, dass Menschen wie mein Bruder Jakob das schon immer nicht nur seltsam fanden, sondern auch mies.

»Den armen traurigen Leuten auch noch das Geld aus der Tasche ziehen«, sagte er verächtlich.

Stimmt ja auch irgendwie.

Aber bestimmt kann man das auch andersherum sehen, denn ob die Frau nun wirklich mit Goldfischen im Jenseits redet oder nicht, ist ja irgendwie fast egal, oder? Wenn es den traurigen Leuten hilft, dass sie besser über den Tod von ihrem Fischlein hinwegkommen, bitte, dann ist das doch auch voll okay am Ende. Zumindest solange sich niemand in Schulden stürzt, um den heißen Draht zum toten Fisch aufrechtzuerhalten, und dann muss man Haus und Hof verkaufen, und der Fisch sagt auch bloß: *Mir geht's gut, macht euch keine Sorgen, ich liebe euch.*

Na ja.

Ich glaube, die einzige Person, die ich kenne, die hier mal einen Termin hatte, war Tamara Waldmann, genannt Tammy, aus der Parallelklasse. Tamara ist ein ziemlich verwöhntes rich kid. Wohnt in einem Haus mit Säulen vor der Tür und so Statuen von Löwen und so Kram. In dem Villenviertel, von wo aus man zwar den besten Blick auf die Bucht hat, aber auch den weitesten Weg. Und natürlich besaß Tamara immer alles, was man so haben kann, um die Kohle auch herzuzeigen: das größte Handy mit vier Kameralinsen, irgendwelche Klamotten von Marken, die ich gar nicht kenne, fette Kopfhörer, aber immer nur um den Hals, nie auf den Ohren, wegen der Frisur, in die wahrscheinlich irgendwelche Extensions reingeflochten waren … So in die Richtung. Und ein kleines Hündchen in der Handtasche: Jacky.

Der Hund war eigentlich echt süß, finde ich. Aber halt winzig und überzüchtet und alleine gar nicht lebensfähig. Und dass man den immer nur in der Handtasche sah, als wenn das seine Kleidung wäre, fand ich schon komisch. Man muss sich mal vorstellen, dass selbst so ein Handtaschenhund immer noch über zwanzig Ecken mit einem Wolf verwandt ist.

Ich habe mich jedenfalls immer gefragt, was wohl passieren würde, wenn der da reinkackt, in die Tasche.

Jedenfalls brachte Tammy den Hund am Anfang auch in die Schule mit. Das hatte ihr niemand erlaubt oder so. Aber eben auch nicht verboten. Im Unterricht fing Jacky, so erzählte man sich das auf dem Pausenhof, verlässlich dann an zu winseln, wenn sein Frauchen abgefragt werden sollte. Was den Lehrern so auf die Nerven ging, dass sie Tamara nicht abfragten, sondern stattdessen vor die Tür schickten, wo sie dann mit dem Hund in der Tasche den Flur auf und ab spazierte. Und natürlich sagten sie ihr, dass der Hund in der Schule nichts verloren hätte. Am nächsten Tag hatte sie ihn wieder dabei.

Irgendwann gab es dann eine Anweisung von ganz oben: Wenn sie den Hund nicht daheimlassen konnte, brauchte sie auch nicht wiederzukommen und war suspendiert. Tamara passte das gar nicht, sie heulte und schrie und drohte mit den Anwälten ihres Vaters. Am liebsten hätte sie wahrscheinlich so ein Greta-Ding angezettelt. Nur eben nicht fürs Klima, sondern für Jacky.

Es waren ziemlich schnell ziemlich viele Theorien darüber im Umlauf, was passiert war. Jacky war noch nicht alt gewesen. Sie hatte ihn als Welpen bekommen. Einen natürlichen Tod konnte man ausschließen. Hatte Mäx, Tammys Exfreund, ihn mit Schokolade gefüttert? Oder war das Tier vor lauter Überzüchtung erstickt? Ihre Nachbarin glaubte, gesehen zu haben, dass Jacky sich mit voller Absicht hinter die Reifen vom SUV von Tamaras Papa gelegt hätte. Also Selbstmord. Aber die Nachbarin kann Tamara wiederum nicht leiden und ist deswegen eigentlich keine glaubwürdige Quelle … Es war kompliziert und nicht lange interessant.

Tamara ist jedenfalls hier gewesen. Sie ist der Foxy Lady hinterhergelaufen, genauso wie Kia und ich gerade. Und sie hat sich auch auf einen dieser kaffeebraunen Ledersessel niedergelassen, nehme ich an. Und dann hat sie wohl Kontakt zu ihrem Hundi aufgenommen und sich verabschieden können oder nachgefragt, warum er sich da wohl hingelegt hat. Ich weiß es nicht. Ich weiß nur, dass sie, Tammy, die sich sonst so gern und ausgiebig in der Öffentlichkeit über alles auslässt, kein Wort über den Termin verlor. Niemals.

Ich weiß nicht, ob es an meinem Schlafmangel liegt oder an der Einrichtung dieses Büros, aber mir ist ein bisschen schwummrig. Das Büro ist wie eine Höhle, denke ich und sinke etwas ein in diesem Ledersessel, dessen Oberfläche sich angenehm kühl anfühlt unter meinen Armen. Kias Mutter sitzt hinter einem schweren Tisch aus dunklem Holz, das Licht ist gedimmt, an den Wänden hängen Bilder, aber nicht von Tieren, sondern von Seen und Bergen und Wäldern. Und so riecht es hier auch ein bisschen, nach Nadelhölzern, was aber auch an den Räucherstäbchen liegen kann, die auf einem eigens zum Räuchern aufgestellten Tischlein vor sich hin qualmen.

Kia sitzt neben mir. Ich möchte meine Augen zufallen lassen. Sie brennen. Auch das kann wieder an den Räucherstäbchen liegen.

Wie aus der Kanalisation heraus höre ich meine eigene Stimme fragen: »Und Sie können mit toten Tieren sprechen?«

Kias Mutter wiegt ihren schönen, großen Kopf. Sie ist ein eleganter Vogel, der diesen Fuchs erlegt hat.

»Es wäre nicht gelogen, wenn ich Ja sagen würde«, sagt sie. »Aber ich könnte das gleich auch über dich behaupten.«

»Wie jetzt?«

»Im Grunde kann das jeder, mit seinen verstorbenen Gefährten sprechen.«

Sie hat etwas mehr Akzent als ihre Tochter. Als müsste sie immer an Kieselsteinen vorbeisprechen, die sie am Strand gefunden und in den Mund gesteckt hat.

»Ich kann nur den Weg aufzeichnen oder vereinfachen. Ich kann ein gutes, stabiles Signal herstellen, verstehst du?«

»Ihre Tochter glaubt, mein Papa ist von Aliens entführt worden«, sage ich und schiele verstohlen zu Kia rüber.

Ihre Mutter schaut Kia ernst an und grinst. »Das halte ich für unwahrscheinlich.«

»Sie glauben, dass er tot ist …«, sage ich.

Die ganze Situation fühlt sich unwirklich an. Die beiden Frauen haben diesen aufmunternden, motivierenden Blick drauf, als würden sie irgendetwas von mir erwarten. Dabei weiß ich doch gar nicht, was ich hier soll. Außerdem schaut die eine aus wie eine erwachsene Version der anderen. Ich bin verwirrt. Ich denke darüber nach, was passieren würde, wenn sich jetzt Kia auf den Platz hinter dem schweren dunklen Tisch setzen würde. Ob das Universum das aushält.

»Ich kann dir helfen, das auszuschließen«, säuselt die alte Kia.

»Okay«, sage ich. Höre ich mich sagen, aus der Kanalisation. Dröhn.

»Dann müsstest du einmal kurz dein Kronenchakra für mich aufmachen.«

»Hä?«

»Dein Sahasrara.«

»Wie bitte?«

»Ist schon gut, wie du das machst. Einfach weiteratmen. Hör mal, wie dein Atem aus deiner Nase strömt. Wie sich das anhört.«

Mein Atem pfeift auf einmal ganz seltsam aus meiner Nase. Vielleicht ist da eine Schiefstellung der Nasenscheidewand, denke ich und atme ein und atme aus. Pfeif. Dröhn. Ich kann nun die meisten Geräusche nicht mehr hören, nur noch einzelne und die dafür viel zu laut.

Eine Panflöten-Fußgängerzonenband gefangen in der Kanalisation. Das bin ich.

»Und jetzt überlege doch mal«, sagt Kias Mama, »dein Papa, welche Augenfarbe hat der? Nur für dich. Gar nicht laut antworten.«

Ich glaube, die sind grün. Wobei manchmal auch braun, fast so schlammfarben.

»Und wenn dein Vater lächelt, macht er das mit beiden Mundwinkeln oder mehr links oder mehr rechts?«

Ich überlege.

»Und wenn sich dein Vater zum Beispiel mit einem Hammer auf den Finger haut, welches Wort ruft er dann?«

Dreck. Auf jeden Fall Dreck, manchmal Dreckskack, Dreckskackscheiß und so weiter, das ist beliebig verlängerbar.

»Und wo hat dein Vater die ersten Falten bekommen? Weißt du noch, wie er aussah, bevor er Falten bekommen hat?«

Das weiß ich, glaube ich, nicht. Aber dafür sehe ich ihn jetzt vor mir, wie er einseitig lächelt. Ich vermute, so macht der das meistens, eher rechts. Und da gibt es wohl auch die ersten Falten, am rechten Mundwinkel.

»Machst du mal deine Augen zu? Du kannst dir mal vorstellen, dass dein Kopf, wo deine Haare verwurzelt sind, ein bisschen aufgeht. Ist das in Ordnung für dich?«

Nein, denke ich, das ist gar nicht in Ordnung für mich, wenn mein Schädel aufklappt. Da fällt nämlich mein Gehirn raus. Und das brauche ich vielleicht noch, um Doppelbuchungen zu verhindern oder dass Leute auf ihren Ausdruck zeigen und behaupten, dass sie das alles schon im

Voraus bezahlt hätten, mit ihrer Kreditkarte, obwohl das bei uns gar nicht geht, und wo ich jetzt gerade darüber nachdenke, bin ich mir gar nicht mal so sicher, ob ich da gestern nicht einen ziemlich beschissenen Fehler gemacht habe. Aber andererseits, wenn ich jetzt so darüber nachdenke, ist das vielleicht auch ganz egal, weil jeder macht doch schließlich mal Fehler, oder? Und wenn alle Fehler menschengemacht sind, dann können andere Menschen das sicher sehr gut verstehen. Und wenn die Menschen mich einerseits verstehen und andererseits unsere Gäste im Knutt sein wollen, dann sind wir uns schon über so viel einig, das ist doch eigentlich total unwahrscheinlich und irgendwie auch voll schön.

Moment mal, denke ich, schon klar, schon super, dass alle Menschen auf einem aus Einigkeit gewobenen Teppich dahinschweben, aber worüber wollte ich gerade eigentlich nachdenken? Und wer schnarcht hier denn bitte so penetrant? Und warum sind meine Füße auf derselben Höhe wie mein Kopf? Fliege ich?

Das Sofa, auf dem ich liege, ist genauso kaffeebraun wie der Sessel, auf dem ich anfangs saß. Ich weiß nicht, wer mich hierhergelegt hat. Aber ich weiß, dass draußen die Sonne hell scheint und die Vögel zwitschern. Ich weiß, dass ich erstens Frau Severin allein gelassen habe mit dem Frühstück und dass um diese Uhrzeit schon zwei bis drei Buchungen ankommen müssten und dass ich zweitens nicht nur im Hotel, sondern auch schon wieder bei den Gebrauchtwagen sein müsste und drittens auf der Suche nach der Botschaft für mich, und ich springe auf, das heißt, ich will aufspringen, aber mein linkes Bein ist eingeschlafen und völlig taub, also rolle ich vielmehr von der Couch und lande stöhnend auf dem Perserteppich im Büro von Kias Mutter.

Na toll.

Ich hab's voll verkackt. Nicht nur das Pünktlich-auf-Arbeit-Sein habe ich verkackt, auch das Hier-still-und-heimlich-Rausschleichen. Ich bin mit einem dumpfen Poltern auf den Boden gefallen. Und jetzt liege ich hier und schüttle mein taubes Bein, als die beiden Frauen, die kleine und die große Kia, wieder ins Zimmer treten. Kias Mutter trägt zum Glück keinen Fuchs mehr als Schal. Dafür bin ich einigermaßen dankbar. Aber ich kann diesen Hexen ansehen, dass sie keine Sekunde geschlafen haben und trotzdem hellwach sind. Mir reicht's! Hier geht einiges voll nicht mit rechten Dingen zu.

»Kia, verdammt!«, schreie ich, auf dem Boden liegend, mein Bein schüttelnd. »So eine Scheiße, verdammt!«

»Alles okay, Joshi?«, fragt Kia behutsam.

»Nix ist okay, ich hab voll verpennt, ich wollte hier gar nicht pennen und jetzt – aah, wie viel Uhr ist es?«

Ich trete die Luft.

»Wir haben hier keine Uhren«, sagt Kias Mutter. »Weißt du, das Konzept der Zeit ist so ein arg menschengemachter Trugschluss … Es ist die richtige Zeit für dich.«

»Wie bitte!?« Ich friere in der Bewegung ein. Kia kichert.

»Spaß«, sagt ihre Mutter, »es ist kurz nach neun.«

Ich winkle mein Bein an und schüttle die Wade.

»Was machst du denn da?«, fragt Kia.

»Nix«, sage ich. »Mein Bein war … geht schon wieder.«

Ich rapple mich auf. Halb neun ist natürlich scheiße,

aber immerhin besser als elf oder keine Ahnung, wie lange man sonst schläft, wenn man vom Tiermedium hypnotisiert wurde. Mein Körper fühlt sich schwerer an, insgesamt, ich stehe taumelnd vor den beiden Finninnen. Als hätten sie mich über Nacht mit irgendetwas angereichert, das ich jetzt mit mir herumschleppen muss. Vergiftet, schießt es mir durch den Kopf, willenlos gemacht. Ich, eine wandelnde Marionette!

»Setz dich noch mal kurz«, sagt Kias Mutter.

»Nee, ich muss jetzt wirklich los«, entgegne ich selbstbewusst, obwohl ich gar nicht weiß, wie ich meine tonnenschweren Zementfüße jemals vom Teppich lösen soll.

»Ganz kurz«, sagt sie und schließt dabei so langsam die Augenlider, dass es sich für einen Moment so anfühlt, als würden ihre Wimpern über meinen Rücken streicheln, und ich lasse mich sofort in Richtung Couch fallen.

Kias Mutter setzt sich wieder hinter ihren Tisch und nimmt ihre professionelle Haltung ein. Sie legt die Fingerspitzen aneinander.

»Dein Vater ist ganz sicher nicht tot, okay?«

Ich nicke.

»Dein Vater ist nicht sehr gut im Sprechen mit Worten. Manchmal macht ihm das Angst. Aber alles, was man ändern möchte, muss man besprechen. Auch wenn man Angst davor hat, etwas zu besprechen, muss man das ansprechen. Oder wenn alles zu viel ist. Verstehst du?«

Ich nicke.

»Ich bin mir sicher, er will gefunden werden.«

»Aber wie denn?«

»Schau mal nach, zum Beispiel, ob es Quittungen gibt,

Rechnungen aus der letzten Zeit. Dein Vater hat immer ein Problem mit Banken gehabt, ein Problem mit, wie sagt man, Vertrauen, hat immer Geld daheim verstaut. Das ist so ein Ort.«

Es stimmt, was sie sagt.

»Woher wissen Sie das alles?«

Kias Mutter grinst so ein bedauerndes Grinsen.

»Dein Vater ist oft hier gewesen. Wir kennen uns … gut. Er hat nicht mehr viel geschlafen in letzter Zeit.«

Kia wusste das. Deswegen wollte sie, dass ich herkomme.

»Das heißt, Sie haben jetzt gar nicht … Ihre Zaubertricks gemacht? Sie hätten mir das gleich sagen können, ohne mich hier in Trance zu versetzen oder was das war!«

»Nein, Joshua, ich musste schon nachspüren.«

»Was?«

»Sonst hätte ich das nicht gesagt. Dass ich sicher bin, Frank ist am Leben. Okay?«

»Okay«, sage ich und nicke. Das muss ich so akzeptieren. Das ist eine Antwort und tausend Fragen sind dafür neu aufgetaucht. Ich entscheide mich für eine.

»Wie lange kennen Sie meinen Vater denn schon?«

»Das sind schon ein paar Jahre. Als deine Mutter weg war, hat er hier über mich versucht, Kontakt aufzunehmen. Ich habe gesagt, das geht nicht.«

»Und dann?«

»Haben wir angefangen zu sprechen. Manchmal ist er lange gar nicht gekommen. Und jetzt wieder mehr …«

»Ich versteh das nicht. Wieso höre ich das denn zum ersten Mal?«

Kias Mutter zuckt mit den Schultern. Jetzt lächelt sie traurig.

»Das weiß ich nicht. Vielleicht hat er sich geschämt.«

Sie schaut auf die Tischplatte und knibbelt an irgendetwas herum. Ich weiß nicht, was ich noch sagen soll.

»Ich«, stammle ich, »ich muss los.«

Die beiden Kias nicken. Der Boden lässt mich frei. Ich sollte mich ein bisschen beeilen jetzt.

# PILZE

Ich fahre den Schotterweg entlang, dass es staubt, werfe das Fahrrad gegen die Laube, die aussieht, als wäre sie seit Jahrhunderten nicht betreten worden. Das Fahrrad fällt scheppernd um. Ich renne und weiß gar nicht so genau, warum. Ändert jetzt eh nichts.

Gino steht in der Tür und hält sich mit beiden Händen oben am Rahmen fest. Er trägt nur ein Unterhemd, seine Arme sind sehnig, die Haare in seinen Achseln sehen aus wie die Drahtwolle, mit der er die krustigen Böden seiner Töpfe sauber macht. Ich laufe keuchend auf ihn zu.

»Langsam, Mann, langsam.«

»Gino …«

»Dein Papa …«, sagt er und zögert.

»Ja!?«

»Ist er immer noch …? Also, immer noch nicht da?«

»Ja«, sage ich.

Scheiße, für einen Moment dachte ich, dass sein Satzanfang nicht mit einer Frage enden würde. Dass mir mal jemand etwas mitteilen könnte, etwas wie: Dein Papa sitzt in der Stube und möchte sich entschuldigen. Nein. Alle warten darauf, dass ich mit dem Verschwundenen ums Eck komme und ihn präsentiere wie … einen wertvollen Steinpilz, den ich im Wald gefunden habe – da läuft doch der Berger! Herr Berger, der Ziegenmaler, schleicht da durch unseren Garten und trägt einen Korb voller Pilze mit sich herum.

Ich lasse ihn nicht aus den Augen, während ich weiter mit Gino spreche:

»Tut mir leid«, sage ich, »ich bin megaspät, ich weiß, ich …«

Gino legt mir eine nasse Hand auf die Schulter, auf der Spülschaum glitzert: »Alles gut, Joshi, mach dir mal kein' Kopf. Wir haben das hier einigermaßen im Griff. Wir machen das schon.«

Gino setzt einen Mutmacherblick auf und lächelt sanft. Dann folgt er meinem Blick, erkennt, dass ich Berger im Visier habe, der jetzt einfriert, als er seinerseits feststellt, dass er von zwei Augenpaaren beobachtet wird. Berger verhält sich wie ein kleines Kind, das hofft, es könnte sich unsichtbar machen, wenn es nur lange genug still steht und die Luft anhält.

Gino sieht aus wie einer, der sich mit aller Macht das Lachen verkneift.

»Herr Berger«, sage ich. »Ich dachte, das wäre klar geworden, dass Sie hier nicht mehr willkommen sind.«

Er presst die Lippen aufeinander. Gibt keinen Ton von sich.

»Hallo! Herr Berger?« Ich muss rufen, er steht bestimmt zehn Meter von uns entfernt auf der Wiese. Ein Gartenzwerg, den niemand gekauft hat, der aus freien Stücken bei uns eingezogen ist.

»Ich habe jetzt keine Zeit für so Quatsch, bitte, Herr Berger.«

Ich kann nicht sagen, dass es mich nicht auch stolz machen würde, mich so reden zu hören. Vor zwei Wochen noch hätte ich mich das nie getraut. So einer wie der Berger hätte irgendwas von wegen »Jetzt hör mir mal zu, junger Mann« gesagt und mich dann nach allen Regeln der Kunst belehrt.

Dass man so nicht mit Kunden umgeht, weil der Kunde König ist. Dass der Krümel zu schweigen hat, wenn der Kuchen spricht. Dass er, als international gefragter Künstler, sich eine solche Behandlung nicht gefallen zu lassen brauche. Dass er jetzt meinen Vater sprechen möchte. Bla, bla, bla.

Davon jetzt aber nichts. Herr Berger kommt rübergeschlichen und gestikuliert stumm, ringt nach Worten. Ihm fällt anscheinend nicht so wirklich etwas ein, was mich überzeugen könnte, von meiner schlechten Meinung über ihn abzurücken. Und andererseits hat er doch einen Plan, den hat er sich schon zurechtgelegt.

»Schauen Sie, Herr Junior«, und er hält mir den Korb mit den Pilzen unter die Nase. »Als Zeichen meiner Reue. Damit Sie mir mein dummes Verhalten vielleicht vergeben.«

Mir zieht der Duft der Pilze in die Nase, Waldboden, Würmer, bisschen fischig irgendwie. Ich schaue in eine weiß-braune Masse. Der Korb ist wirklich randvoll. Ich kenne mich damit ja nicht aus, aber wenn das jetzt zum Beispiel eben Steinpilze sind, dann ist das in der Menge ganz schön was wert.

»Steinpilze«, sagt Berger, als könnte er meinen Gedanken hören. »Wenn man sich ein bisschen auskennt, sind die auch hier gar nicht schwer zu finden. Sie müssen wissen, ich bin früher schon mit meinem Vater, da war an Sie noch lange nicht zu denken, in die Pilze, immer in die Pilze, was man da lernt, oder, das vergisst man nicht. Ich würde die Ihnen gern beziehungsweise dem Herrn Koch, überlassen. Für alle.«

Berger strahlt. Ihm fehlt ein Eckzahn. Er sieht ein bisschen aus wie ein Pirat.

Ich schaue Gino an und warte. Gino sieht noch immer so aus, als müsste er ein Lachen unterdrücken, hat dabei aber ganz kritisch die Stirn gerunzelt. Er wartet einen Moment, dann greift er mit spitzen Fingern in den Korb, nimmt einen Pilz am dicken weißen Stiel und hält ihn zwischen Daumen und Zeigefinger in die Höhe.

»Also erstens mal, Manuel«, ich hatte keine Ahnung, dass Gino den Berger duzt, »hat es hier zwei Wochen lang nicht geregnet, oder? Und jetzt kommst du an und willst mir erzählen, du hast ganze Steinpilzfelder abgeerntet. Okay. Zweitens mal, schaut so ein Steinpilz aus?«

Ich hätte ihm die Frage nicht beantworten können. Der Pilz hat einen dicken weißen Stiel und eine eher flache bräunliche Kappe, nicht viel breiter als der Stiel. Er ist alles in allem vielleicht so groß wie ein Kaktus-Eis oder so. Eigentlich schon irgendwie steinpilzmäßig.

Herr Berger öffnet seinen Mund und schließt ihn wieder, ohne dass Wörter herausgekommen wären. Er sieht verzweifelt aus, als stünde hier seine Existenz auf dem Spiel.

»Schaut so ein Steinpilz aus, Berger?«

Berger räuspert sich als Antwort.

»Sie waren gleich heute früh im Supermarkt, Herr Berger, und entweder Sie können einen Steinpilz tatsächlich nicht von einem Kräuterseitling unterscheiden, oder Sie glauben, dass wir das nicht können …«

Jetzt siezt er ihn auf einmal doch.

Gino lässt den Pilz in den Korb zurückfallen und schaut Herrn Berger enttäuscht an.

»Kräuterseitling«, murmle ich.

»Ich nehm die trotzdem gerne«, sagt Gino hastig und greift mit einer schnellen Bewegung nach Bergers Korb, dreht sich um und ist schon im Inneren des Hotels verschwunden.

»Der nimmt die trotzdem gerne«, sagt Herr Berger, kurz kann ich erkennen, dass seine Augen glitzern, dann weicht er meinem Blick aus. Mir wird nicht ganz klar, worum es hier geht, aber die Aussicht, abreisen zu müssen, die Aussicht noch dazu auf Hausverbot, ist offenbar die Hölle für den Mann. Er muss hier sein, und vielleicht hat das etwas mit Künstlersein zu tun, vielleicht ist das etwas, das ich nicht verstehe. Aber was verstehe ich schon noch?

»Wo haben Sie denn gepennt heute Nacht?«, frage ich.

Berger nickt mit dem Kopf in Richtung Meer.

»Am Strand, bisschen versteckt. Auch schön, wie früher.«

Tapfer, denke ich.

»Ich hab echt keine Zeit«, sage ich dann und seufze ein bisschen übertrieben.

»Herr Berger …«, und ich kann hören, dass drinnen das Telefon klingelt, »bleiben Sie meinetwegen da. Ich hab gerade wirklich wichtigere Sachen … Sie müssen halt wissen, dass das kein Hotel ist, in dem Ziegen auf dem Zimmer erlaubt sind. Wenn Ihnen das wichtig ist, das mit den Ziegen, müssen Sie sich eine andere Unterkunft suchen. Einverstanden?«

Berger nickt. Das Telefon klingelt ungeduldiger.

»Ich muss da ran. Machen Sie, was Sie wollen.«

Berger nickt, das Telefon klingelt hektisch. Ich laufe los, rufe noch: »Die Reinigung berechnen wir Ihnen extra«, obwohl ich gar nicht weiß, ob man das machen kann oder darf. Gino kommt mir mit dem Telefon in der Hand entgegen.

Von wegen, denke ich, wir machen das schon. Nicht mal ans Telefon gehen kann der.

# DER ANRUF

Zuerst höre ich nur Rauschen. Es knistert in der Leitung. Jemand reibt mit Alufolie über den Hörer. Jemand fährt schnell Auto und hält sein Handy aus dem Fenster. Jemand hustet sehr weit entfernt in einen Trichter.

»Hallo? Hallo?«

Ich höre, dass eine Person stöhnt. Dann Stimmen, die miteinander sprechen, aber wie hinter einem dicken Theatervorhang. Eindeutig mehrere Personen.

»Hey! Hallo? Papa?«

Ich laufe unruhig durchs Foyer, schaue nur auf meine Füße, presse mir den Hörer ans rechte Ohr, dass es anfängt wehzutun, und drücke mit meinem linken Zeigefinger in den linken Gehörgang, damit ich das vielleicht besser verstehen kann, was da an Rauschen und Saugen und Frequenzstörungen aus dem Telefon wabert. Fast stolpere ich über einen Stuhl, der da aber auch wirklich völlig sinnlos im Weg herumsteht, schrecke hoch, schaue in die Augen von Gino, der mich stirnrunzelnd besorgt beobachtet.

»Hallo, wer ist denn da?«

Ich rufe, ich brülle jetzt in das Telefon, als könnte ich vielleicht besser verstehen, was die Person auf der anderen

Seite von sich gibt, wenn ich selbst besser zu verstehen bin, was natürlich komplett keinen Sinn macht, aber es geht hier ja jetzt nicht darum, ein megalogisches Vorgehen auszutüfteln. Es geht darum, dass da mein Vater dran sein könnte, der vielleicht Hilfe braucht. Dass da irgendwelche geisteskranken Entführer dran sein könnten. Oder fucking Aliens.

Mir wird ein bisschen schwindlig. Die Verbindung bricht ab. Ich lausche dem Tuten, das aus den kleinen Löchern in der Plastikverkleidung des Telefons dringt. Was zur …

»Was war das?«, will auch Gino wissen. Ja, was weiß ich denn. Mir schießen Tränen in die Augen, die ich schnell wegblinzeln kann. Ich zucke mit den Schultern.

»Keine Ahnung. Nur Rauschen. Als würde jemand von einem sehr windigen Berg anrufen, wo kein Netz ist oder so. Wurde da eine Telefonnummer angezeigt?«

Gino schüttelt den Kopf. Ich drücke trotzdem auf dem Telefon herum, um möglicherweise auf die Nummer des Anrufers zu stoßen. Man kann auf einen Briefumschlag drücken und auf eine Taste mit drei Strichen, und auf einer anderen steht Menü, aber auf dem Bildschirm ändert sich ungelogen meistens gar nichts, oder man wird nicht schlau daraus und fängt an, seltsame Kreise durch die Spracheinstellungen zu drehen. Und ich bekomme Angst, dass ich aus Versehen Arabisch und Kyrillisch einstelle und das Ding damit unbrauchbar mache, als plötzlich: Wieder dieses Geräusch und für einen Moment ist mein Gehirn tatsächlich zu langsam, zu verwirrt, zu unausgeschlafen, um zu verstehen, dass das Telefon wieder klingelt, in meiner Hand.

»Ja, hallo!« Ich rufe hektisch hinein. Könnte jetzt genauso gut auch ein Kunde sein …

»Josh?«

»Ja, hallo«, wiederhole ich etwas ruhiger. Die Stimme kommt mir bekannt vor, aber der Alte ist das nicht.

»Jakob«, ruft Jakob mir ins Ohr. Es ist mein Bruder. Mein großer Bruder, der keine Ahnung von nichts hat. Der ganz beruhigt davon ausgehen kann, dass heute ein normaler Arbeitstag ist.

»Ach«, sage ich.

»Ja, sorry wegen gerade, das war hier, keine Ahnung, über Internet, jetzt wieder normal. Müssen uns knapp halten, wird teuer. Alles gut?«

Und was jetzt? Ich kann ihm ja nicht verschweigen, dass sein Vater vermisst wird. Aber andererseits wird er mich dann fragen, warum er das erst heute erfährt, und ich werde ihm sagen müssen, dass ich einfach Besseres zu tun hatte, als nach Neuseeland zu telefonieren. Eine kleine, unvollständige Liste besserer Dinge: am Tennisplatz abhängen, der Krokodil-Lady einen Besuch abstatten, mich vom Tiermedium hypnotisieren lassen.

Und überhaupt: Was will er mit der Information anstellen, was will er denn machen, was will er unternehmen am anderen Ende der Welt?

Ich habe schon verdammt lange geschwiegen und bin noch längst nicht zu einer guten Lösung gekommen. Weil es die ziemlich sicher gar nicht gibt.

»Äääh«, mache ich.

»Ja?«, fragt Jakob, als würde er irgendwas ahnen oder so.

»Du, also gerade ist ein bisschen chaosmäßig ehrlich gesagt«, sage ich, um Zeit zu gewinnen.

»Na, wie immer, oder?«, sagt er.

»Nee«, sage ich und lasse mich auf den sinnlos im Foyer postierten Stuhl fallen.

»Hä, was heißt das?«

»Ich – ich bin hier, ich bin, äh, Gott, wie erkläre ich dir das …«

Jakob kichert, als würde ich ihn nur verarschen, und er ist froh, dass er es rechtzeitig gecheckt hat.

»Ich bin hier seit drei Tagen auf der Suche nach Papa, und ich hab keine Ahnung, und ich hab keine Spur, und die Polizei macht sicherlich auch nichts, und ich bin hier alleine mit dem Scheißhotel, und das kriege ich auch nicht richtig auf die Reihe, weil die Leute alle am Durchdrehen sind, Jakob«, meine Stimme überschlägt wie im Stimmbruch, »das ist die absolute Dreckskackscheiße hier.«

Jakob ist kurz still, weil er verarbeiten muss, dass ich offenbar keinen Scherz mache.

»Warte mal. Was heißt denn das, auf der Suche?«

»Der ist weg.«

»Wie weg?«

»Weg.«

»Einfach weg?«

»Ja, Mann, keine Ahnung. Verschwunden.«

»Fuck.«

»Sag ich doch.«

Und auf einmal sind wir wieder vierzehn und achtzehn und auf dem Weg in die Klinik. Und auf einmal sind wir wieder zu zweit und wissen genau, was der andere denkt und was sich in seinem Kopf abspielt, so genau, dass niemand das aussprechen muss.

»Ich muss kurz nachdenken«, sagt Jakob.

»Ja.«

Ich wünschte, er wäre hier. Ich habe ihn bislang noch nicht so richtig krass vermisst, das muss ich schon zugeben. Ich habe nicht geheult, weil mein Bruder ausgewandert ist. Da war eine kleine Träne am Flughafen und dann gleich wieder dieses Gefühl, als würde der Bauch das dem Kopf eh nicht glauben, als würde der Bauch mich so unterschwellig davon überzeugen, dass der jeden Moment zurückkommt. Wenn jemand nicht da ist, fühlt man ja prinzipiell keine Distanz, und es ist mehr oder weniger gleich, ob der jetzt in diesem Moment in Neuseeland ist oder nur zur Tanke oder halt wieder in seiner Bude in Hamburg wegen Studium.

Ich hätte mir seine Hände, seine Mitarbeit gewünscht, wenn ich mit dem Abräumen im Speisesaal allein war oder wenn ich gerade mal keinen Bock hatte, mit dem Alten Herrn spazieren zu gehen, weil ich lieber zocken wollte oder so.

Ich hätte mir gewünscht, nicht allein zu sein, als der Tag näher rückte, an dem ich nicht zur Schule gegangen bin. Und immer dann, wenn ich etwas von Papa gebraucht habe, eine Unterschrift oder eine Meinung oder den Kellerschlüssel.

Es wäre mir lieber gewesen, nicht allein zu sein. Aber ich saß nicht einsam auf diesem sinnlosen Stuhl im Foyer und dachte mir, oha, ich vermisse meinen Bruder. Aber vielleicht ist das am Ende einfach genau dasselbe.

»Er hat nichts dagelassen, oder?«, meldet Jakob sich zurück. »Also, keinen, wie sagt man denn … Abschiedsbrief?«

»Nein, Mann, der hat nicht …!«

»Nein, ich mein nicht so selbstmordmäßig! Sorry, ich

meine, eine Notiz halt, ich bin kurz nach Buxtehude, irgendwas.«

»Wieso denn Buxtehude jetzt?«

»Ja nee, nur so als Beispiel.«

»Nein. Also, ich finde nichts. Wobei, warte mal …«

»Was?«

»Das erinnert mich an was …«

»Was?«

»Äh, Moment mal bitte …«

Jakob klingt auf einmal superaufgeregt. »Josh, lass mich mal nicht außen vor, okay? Was machst du da?«

»Ding, die Kasse, weißt du, wo die Kasse ist?«

»Der eiserne Bargeldvorrat? Der letzte Rest fürs letzte Hemd? Der Krötenteich? Die Schatzschatulle?«

Jakob muss wieder lachen, auch wenn das gerade relativ unpassend ist. Papa hatte jedes Mal eine andere Formulierung für die schmucklose graue Kasse, in der er immer einen Haufen Geld versteckt hielt. Ich weiß nicht, wie viel. Aber das war genau dieses Misstrauens-Ding, von dem auch Kias Mutter vorhin sprach. Manchmal träumte er schlecht, vom nächsten Bankencrash, Finanzkrise, plündernden Horden, die durch die Straßen ziehen. Dann suchte er ein neues Versteck für die Schatulle. Auch wir durften nicht wissen, wo es sich befand. Nicht weil uns unser Vater grundsätzlich nicht vertrauen würde. Sondern, wie er sagte, aus rein mathematischen Gründen: mehr Mitwisser, mehr Risiko.

»Genau die«, sage ich.

»Warum?«

»Ich denke schon, dass er irgendwas hinterlassen hat,

dass er nicht einfach abhaut ohne alles. Ich weiß es natürlich nicht, das ist nur so ein Gefühl.«

»Aber wieso die Schatulle?«

»Na ja, nicht wegen dem Geld, aber wegen einem Hinweis oder einer Nachricht oder so.«

Ich stehe wieder im Büro-Kabuff. Die Luft hier ist stickig und feucht.

»Hm«, macht Jakob an meinem Ohr. »Wieso sollte er was verstecken, was er hinterlässt, damit es ja aber dann gefunden und gelesen wird? Ergibt das Sinn?«

»Weiß ich nicht«, rufe ich. »Also ja, ja, ich denke schon, ich denke, also ich stelle mir das so vor, dass er vielleicht einen Vorsprung wollte, einen Puffer …?«

Den Sekretär brauche ich nicht noch einmal abzusuchen, das ist verschwendete Zeit. Die Schubladen des Rollcontainers unterm Tisch brauche ich nicht noch einmal aufzuziehen. Ich war schon ziemlich gründlich, als ich zum ersten Mal nach einer Botschaft gesucht habe. Ich denke an Geheimverstecke, wie man sie aus Filmen kennt: Irgendwo einen Hebel ziehen, dann dreht sich die Wand. Unter dem Buchdeckel einer Bibel findet man keine Seiten, sondern einen Tresor. Und nur der Hausherr weiß, welche Diele locker ist … Wobei, das könnte tatsächlich sein. Ich gehe auf die Knie und fange an, auf den Boden einzuhauen.

»Was machst du da?«, schreit Jakob, den ich schon wieder halb vergessen hatte.

»Suchen!«, schreie ich zurück.

Die Dielen sind alle fest. Viel mehr ist hier nicht. Den Computer könnte man aufschrauben, aber ich glaube kaum, dass da genug Platz wäre für die Kasse. Ich suche die

Wände nach Lüftungsschächten ab und entdecke nichts. Vielleicht hinterm Sekretär …?

»Schon mal die Klassiker probiert?«, meldet sich Jakob zu Wort. »Matratze?«

»Matratze ist gut.« Ich renne die Treppe nach oben, immer zwei Stufen auf einmal, die Müdigkeit ist wie weggeblasen. Oder anders: Hat sich in ihr Gegenteil verwandelt. Ich fühle mich, als könnte ich mit meinen eigenen Händen den Garten umgraben wie ein Schaufelbagger. Ich zögere keine Sekunde, die Tür zu seinem Zimmer aufzustoßen.

Und da sitzt – nein, Spaß, das Zimmer ist so leer wie die ganze Zeit schon.

Ich wuchte die Matratze hoch. Jakob an meinem Ohr muss sich anhand der Geräusche ausmalen, was hier gerade vor sich geht. Er jammert ununterbrochen in mein Ohr: »Und, und, und?«

Ich lehne die Matratze an die Wand und beuge mich über den Lattenrost, um zwischen den Latten hindurchschauen zu können. Ich entdecke Staubbälle, die mit der Zeit hart und massiv geworden sind, ich sehe verkrustete Taschentücher, die aussehen wie kleine, verschneite Berggipfel, ich sehe ein altes, braun-beiges Spielzeugauto, das ich einmal lange gesucht habe vor vielen Jahren. Wie kommt das denn dahin?

»Nichts«, sage ich.

Das Auto stecke ich in die Hosentasche. Mit Autos kenne ich mich eigentlich nicht aus, aber ich weiß, dass das ein Citroen DS ist. Schaut ziemlich komisch aus, einzigartig, sagte Papa immer, es gibt kein anderes Auto, das dem Citroen DS ähnlich sieht. Er wollte das immer mal selbst haben und irgendwann kaufte er es in klein und schenkte es mir. Keine Ahnung, wie das hier gelandet ist …

»Warte mal«, murmelt mein Bruder, »mach mal langsam, beruhig dich mal.«

»Sagt sich so leicht.«

»Ja, ich weiß, aber wenn du mich mal kurz nachdenken lassen würdest …«

Kurz schweigen wir uns an, ein Schweigen, das achtzehntausend Kilometer weit reicht. Jakob denkt nach, ich atme schwer und habe Staub in den Augen.

»Und sonst so?«, frage ich.

»Jetzt nicht«, sagt Jakob.

»Okay«, sage ich. Wieder herrscht einen Moment lang Ruhe. Ich kenne außer Jakob, glaube ich, keinen Menschen, der wirklich in Ruhe nachdenken kann, der das als eine Tätigkeit begreift wie andere Leute –

»Puzzle!«, ruft Jakob.

»Was?«

»Papa besitzt ein riesiges Puzzle. Ich weiß nicht, die Pyramiden von Cheops, glaube ich. Aber kannst du dir vorstellen, dass der puzzelt?«

»Nee.«

»Eben. Ich auch nicht. Einmal wollte ich das machen, aus Langeweile, keine Ahnung, was da los war. Da hat er gesagt, ich soll das mal sein lassen, weil da eh ganz viele Teile fehlen.«

»Wo?«

»Lass mich kurz nachdenken.«

»Nicht schon wieder!«

»Nee, das müsste im Kleiderschrank, unterstes Fach. Da

sind auch so Ordner, Versicherungskram, Geburtsurkunden und so …«

Ich reiße den Schrank auf.

»Und? Und? Und?«

»Ha«, sage ich.

»Was?«

»Nix Cheops.«

»Sondern?«

»Sphinx von Gizeh. Tausend Teile.«

»Nie im Leben!«, ruft Jakob völlig übertrieben.

»Ich schwöre es«, sage ich und wiege die Schachtel in meinen Händen. Sie ist deutlich zu schwer.

# SEARCHING FOR FRÄNK MAN

Ich lege Jakob auf den Boden. Das Telefon meine ich. Ich hebe den Deckel von der Schachtel und fühle mich dabei wie ein Entdecker in Ägypten, der in einer Pyramide einen Schatz hebt. Der Deckel ist von einer Staubschicht überzogen, die Kanten des Kartons sind abgewetzt. Ich kann mich nicht erinnern, dieses Teil schon jemals in unserem Haus gesehen zu haben.

Die Kasse liegt da, als hätte sie auf mich gewartet. Und kein einziges Puzzleteil. Was er mit denen wohl angestellt hat? Mitgenommen? Egal. In meinem Kopf läuft ein Film ab, an dessen Höhepunkt ich versuche, die Kasse zu öffnen, aber da ist kein Schlüssel, und dann verliere ich den Verstand und werfe die Kasse aus dem Fenster des Zimmers meines Vaters.

In Wirklichkeit steckt der kleine silberne Schlüssel in dem kleinen silbernen Schloss und lässt sich mühelos umdrehen. Mein Bruder plärrt so laut aus dem Telefon, das auf dem Boden liegt, dass ich ihn nicht länger ignorieren kann. Ich klemme ihn zwischen Kopf und Schulter.

»Also, hier ist die Kasse und ich mache sie jetzt auf.«

»Ja, heute noch.«

»Äh, ja … okay, nix.«

»Wie nix?«

»Nee also … Moment, warte.«

Jakob stöhnt, das kann ich gut verstehen.

Die Kasse ist tatsächlich leer im Sinne von: kein Euro. Aber zwei Zettel. Das eine sieht aus wie eine Quittung, das andere ist erst mal interessanter.

»Also hier ist so eine Art Quittung oder Kassenzettel und das hier ist ein Brief.«

»Lies vor.«

Meine Hände zittern, als ich den Zettel aus der Kasse nehme. Man kann eigentlich kaum von Brief sprechen. Es ist ein kleiner quadratischer Notizzettel, wie er in Büros auf jedem Schreibtisch herumliegt. Am unteren Rand des Zettels ist das Logo einer Versicherung aufgedruckt. Drüber steht in einer Schrift, die so krakelig ist, als wären das die ersten geschriebenen Worte eines Vierjährigen:

»*Es geht mir gut, sucht mich nicht.*«

Mehr nicht. Ich habe zu Ende gelesen und Jakob reagiert nicht.

»Das war's?«

»Ja, das ist alles.«

»Okay, das ist zumindest …«, er sucht nach Worten, »das ist jetzt zumindest mal kein Selbstmörderding oder so, oder?«

»Ja, nee, das …«

»…«

»…«

»Ja …«

»… das ist irgendwie gar nichts.«

»Würde ich nicht so sehen«, sagt Jakob.

»Warum?«

»Na ja, das deutet ja jetzt nicht auf eine Entführung oder so hin. Klingt eher wie … Urlaub?«

»Hm«, sage ich, »das ja nun auch irgendwie nicht …«

»Sondern?«

»Ich weiß nicht«, sage ich. »Das schaut noch nicht mal aus, als wenn der das selbst geschrieben hätte.«

Mein Blick ruht auf diesen Krakel-Buchstaben. Schwarzer Kuli auf dem weißen Zettel. Er hat den Stift offenbar stark auf das Papier gedrückt, hat die Buchstaben ins Papier gemeißelt wie – na ja, Gizeh, Ägypten und so weiter. Ich stelle mir vor, wie er den Stift in der geballten, fleischigen Faust hält, an der sich schon die Knöchel weiß unter der Haut abzeichnen. Als müsste er sich dazu zwingen, wenigstens irgendetwas zu schreiben.

Der letzte Funken Restvernunft.

»Was ist das für eine Quittung?«

»Auch handschriftlich, aber andere Schrift. So ein Standard-Quittungsblock-Ausriss. Schwer zu lesen. Da steht RV und dann eine Reihe Zahlen und 21.08., also vor ungefähr einer Woche.«

»Adresse?«

»Ja … das … ja, okay … das kenne ich. Dann hatte ich doch recht.«

»Recreational Vehicle«, sagt Jakob.

»Was?«

»RV. Das ist einfach kurz, hätten sie auch Womo schreiben können.«

»Was?«

»Wohnmobil.«
»Ach ja, ja, logisch, sorry. Ich bin …«
»Dumm, ja. Womit hattest du doch recht?«
»Dass das da sein Opel war.«
»Wo?«
»Bei dieser Komischen. Der Alte hat bei der Krokodil-Lady ein Wohnmobil gekauft und jetzt …«
»… will er seine Ruhe haben oder so.«
»Na ja, aber, du weißt schon …«
»Was wirst du machen?«
»Ihn suchen.«
»Und wieso Krokodil-Lady?«, will Jakob logischerweise wissen.
Und dann erkläre ich es ihm. Ich erzähle von der Fahrradtour durchs Marschland und von der Ziege auf Bergers Zimmer und vom Rote-Bete-Fleck auf dem Boden. Ich erzähle alles und komme megadurcheinander dabei und achte ziemlich verkrampft darauf, dass ich das Am-Strand-Sitzen mit Kia schön verschweige, damit mein Bruder nicht auf irgendwelche Ideen kommt.
Und irgendwann sagt Jakob: »Das wird megateuer jetzt.«
Und ich sage: »Ich hab auch irgendwie Besseres zu tun gerade.«

Nachdem Jakob sein neuseeländisches Telefon in achtzehntausend Kilometern Entfernung von seinem Bruder aufgelegt hat, sitze ich noch ein paar Sekunden vor der Kasse auf dem Boden. Ich schaue die Kasse an und die Kasse irgendwie auch mich, und drinnen liegen diese beiden unscheinbaren Zettel, die einfach nur Papier sind, aber so viel erzählen, und ich denke nichts, das heißt, ich denke nur noch darüber nach, was ich jetzt denken soll.

Sucht mich nicht.

Das widerspricht natürlich komplett allem, was Kias Mutter, das Tiermedium, mir gesagt hat. Er will gefunden werden. Aber ohne dass ihn jemand sucht, wird er ja wohl auch nicht gefunden werden.

Vielleicht sind alle Entscheidungen gleich gut, denke ich wieder, und man muss nur damit anfangen, welche zu treffen, damit man nicht seine Lebenszeit damit verschwendet, stattdessen darüber nachzudenken, was alles passieren oder schieflaufen könnte.

Ich schaue auf mein Handy und sehe, dass Fips mich einer neuen WhatsApp-Gruppe hinzugefügt hat: *searching for fränk man*. Ich persönlich bin kein großer Freund von WhatsApp-Gruppen, aber Fips dafür umso mehr. Viele Stimmen, die durcheinanderreden, das ist genau sein Ding, das findet er am besten. In dieser Gruppe steht bisher aber nur sein Begrüßungstext. Dass das hier der Ort ist, um potenziell wertvolle Informationen auszutauschen, um Alarm zu schlagen und Notfälle auszulösen, um schnell Hilfe anzufordern. Keine Memes und Gifs und bitte nicht stumm schalten.

Fips schreibt: *keine Memes und Gifs*. Obwohl er derjenige ist, dem das am schwersten fallen wird. Aber gut. Jeder weiß das, keiner sagt was.

Stattdessen schreibe ich: *Herkommen*. Schicke die Nachricht ab.

Schicke eine zweite hinterher: *Sorry. Bitte treffen bei mir, wär supi von euch. Kussherzsmileyding.*

Fips antwortet unmittelbar, gefühlt schon, bevor ich meine Nachricht abgeschickt habe. Die anderen beiden lassen aber auch nicht lange auf sich warten. Fips ist auf dem Weg, Kia ist auf dem Weg, Lasse muss schnell noch Schinkennudeln aufessen und ist dann auf dem Weg. Ich fordere ein Foto der Schinkennudeln an, er schickt eines, ich bekomme Hunger. Ich bekomme diesen irren Schlafmangel-Hunger, der sich so anfühlt, als würde sich mein Magen von einer Sekunde auf die andere selbst verzehren.

Da ist ein großes Loch in meinem Bauch. Ich muss dringend und sofort etwas essen.

Erst als ich in der Küche stehe, in der es tatsächlich schon aus verschiedenen Töpfen dampft, in der ein schwitzender Gino sich den Schweiß mit einem blau karierten Tuch von der Stirn tupft und das kleine, mit ewigem Fett verklebte Radio laut und rauschend vor sich hin plärrt, komme ich wieder in der Realität an. Der Betrieb läuft weiter. Das ist so, weil das so sein muss. Im Radio läuft irgendwas von Phil Collins. Ich frage mich, warum Gino um die Zeit schon am Kochen ist, aber an manchen Tagen macht er das so. Vielleicht will er etwas ausprobieren oder vorbereiten, vielleicht müssen Bergers Pilze ganz schnell verarbeitet werden, was weiß ich …

Gino hat mich noch nicht bemerkt. In zwei Schritten bin ich bei der Pfanne, aus der es besonders geil riecht. Ich habe schon einen Löffel in der Hand und weiß gar nicht mehr, woher. Im einen Moment türmt sich ein dampfender Haufen Bratkartoffeln mit Speckwürfeln auf diesem Löffel, im nächsten Moment habe ich die Backen schon voll Bratkartoffeln.

Haa – fuckshit. Heiß!

Erst durch die keuchenden, stöhnenden Geräusche, die ich wegen der Verbrennung meiner Mundhöhle von mir gebe, wird Gino überhaupt auf mich aufmerksam. Er wirbelt herum, ein Tropfen heller Soße spritzt von dem Kochlöffel in seiner Hand direkt unter mein Auge.

»Signore!« Gino ist ein impulshafter Italienischsprecher. »Hat er sich an meinen Patate vergriffen?«

»Das hört sich dirty an, Gino.«

Er muss lachen, aber nur kurz, dann schaut er mich besorgt an.

»Schaust scheiße aus, Junior.«

»Ja, ach.«

Gino greift, ohne hinzuschauen, in einen der stählernen Schränke, fingert einen Teller heraus, schaufelt Bratkartoffeln darauf. Alles, ohne den Blick von mir abzuwenden, mit gerunzelter Stirn.

»Was tun?«, fragt er, als wäre das die Frage nach allem überhaupt.

»Alles gut«, sage ich und greife nach dem Teller, »ich finde den Senior nur noch schnell. Und dann schlafe ich sehr lang.«

Ich will weiteressen, aber ich habe auch Angst vor noch mehr Verbrennungen. Der Haufen dampft noch immer. »Was ist mit hier?« Jetzt mampfe ich beim Sprechen. Winzige Brocken aus Kartoffeln und Speck und Zwiebeln fallen zurück auf den Teller, aber das ist egal. »Ich kann jetzt … ich muss … Was machst … also – hast du Hilfe, später?«

»Alles gut«, sagt Gino und schaut immer noch besorgt, aber wahrscheinlich, weil ich in seiner Küche auf dem Boden sitze und fresse wie ein Schwein. »Severina ist da und Cousinchen von mir kommt.«

»Stunden aufschreiben«, sage ich, und als wenn dieser verbotene Satz eine Schleuse zu meinen inneren Dämonen aufschieben würde, fühlt es sich auf einmal so an, als würde mir so einer auf dem Rücken sitzen. Meine Augenlider werden schwer, mir fällt sogar ein Brocken meiner Mahlzeit aus dem Mund.

Ich möchte mich ganz dringend hinlegen. Ich schaffe es noch, den Teller abzustellen. Der Küchenboden ist bequem genug.

Als ich wieder aufwache, leckt mir jemand mit einer waschlappengroßen Zunge übers Gesicht. Meine Hand fühlt sich schwer an, als ich sie anhebe, um den Kopf des Hundes aus meinem Gesicht zu bewegen. Mir ist nicht ganz klar, warum ich hier liege und wo überhaupt. Die Welt ist ein Brei, die verschwommenen Formen gewinnen nur langsam an Kontur. Da ist ein Schrank und da ist noch ein Schrank und beide sind aus Edelstahl und da ist ein Herd und da läuft der Koch. Ich liege noch immer in der Küche wie eine Schnapsleiche.

Eine Schuhspitze tippt mich an der Schulter an. Der Schuh ist blau.

»Er lebt«, sagt Lasse.

Ich knete meine Augen, um die letzten Schlieren aus meinem Blickfeld zu vertreiben.

»Sicher?«, fragt Fips.

Der blaue Schuh tippt mich noch einmal an. Aber der Alte Herr legt abwehrend seine Pfote auf den Schuh. Die sollen sein Herrchen in Ruhe lassen. Ein Schatten am Rande meines Blickfelds wird größer. Das ist Lasse, der in die Hocke geht. Er legt zwei Finger an meinen Hals und tut so, als würde er auf eine Uhr an seinem linken Handgelenk schauen. Er trägt gar keine Uhr.

»Jaja doch«, sagt Lasse. »Lebt eindeutig.«

»Cool«, sage ich.

»Puls ist normal bis super«, sagt Lasse.

»Bin ready to go«, sage ich.

»Erst mal Kaffee.«

Und dann sitzen wir wieder da. Fips freut sich, dass das mit seiner WhatsApp-Gruppe so gut funktioniert hat. Lasse ist superzuversichtlich, dass wir meinen Vater jetzt praktisch schon gefunden haben. Ich habe einen komischen Schmerz hinterm Auge, der mein Denken verlangsamt. Dabei muss ich gerade jetzt nachdenken, wo unser nächster Weg hinführt und ob uns diese Kroko-Tante wirklich helfen kann.

Und Kia ist auch noch da und sagt wenig bis gar nichts und schaut mich immer an, als würde mir ein Horn aus der Stirn wachsen, und versucht manchmal, wenn die anderen beiden nicht herschauen, nach meiner Hand zu greifen. Auch komisch.

Ich gucke auf die Uhr.

»Ihr habt noch mindestens zwei Stunden Schule. Denke ich. Aber was weiß ich schon, oder?«

Alle drei nicken.

Fips sagt: »Bio. Rhesusaffen und was ist mit ihrer Blutgruppe los.«

»Die Mitochondrien sind die Kraftwerke der Zelle?«, frage ich.

»Nee«, sagt Fips extrem ernst, obwohl ich natürlich recht habe. Ein paar Sachen weiß ich schon auch noch.

# DER LETZTE SCHULTAG

Niemand hatte mir gesagt, dass dieser Schultag mein letzter sein würde. Ich ging hin, ich freute mich auf die Ferien, obwohl ich wusste, dass die anderen wegfahren und ich arbeiten würde. Man legte mir ein Zeugnis auf den Tisch, das war voll okay. Ich klatschte mit den anderen ab, man umarmte sich. Wir hatten das alles schon oft erlebt. Jemand sagte, er würde Pizza bestellen, und als die Frage aufkam, wer mitzahlen würde, sagte ich nichts, und als dann jemand fragte, was ist mit dir Josh, sagte ich, ja klar.

Wir saßen im Park, der an die Schule angrenzt. Wir hatten Glück, dass der Pavillon nicht von den Alkis besetzt war, die hier sonst gern abhingen und uns gern absurdes Zeug nachriefen, wie dass wir schön zur Schule gehen sollten, damit unsere Eltern uns mit Spinat füttern könnten, in den Arsch. Na ja, ich habe keine Ahnung, ob das Humor ist oder Psychose.

Nebendran baumelte die Seilbahn des Spielplatzes. Luka war eine Million Mal durchgefallen, der hatte ein Auto und fuhr sofort los, um Bier zu holen und Prosecco. Dann kamen so viele Familienpizzen, wie wir uns leisten konnten: fünf. Wir waren vielleicht zwanzig Leute, zwanzig junge Menschen, die gerade den besten Tag des Jahres erlebten und dabei auch noch quasi unbegrenzte Vorräte an Pizza, Bier und Prosecco hatten.

Ich will gar nicht behaupten, dass ich an diesem Tag im Mittelpunkt stand. Oder dass es viele Menschen gab, die nach mir gefragt oder mich vermisst hätten, wenn ich nicht dabei gewesen wäre. Ich würde noch nicht einmal sagen, dass ich mich besonders wohlgefühlt hätte. Weil sich solche Gruppen für mich immer irgendwie unkontrollierbar anfühlen. Als könnte die Stimmung jeden Moment kippen und alle würden sofort auf mich losgehen oder sich um mich scharen. Ich muss mich am Rand halten, um schnell abhauen zu können, wenn es nötig wird.

Am Rand ist dann auch manchmal nice genug.

Aber: An diesem Tag wurde mir klar, dass ich die meisten dieser Leute ganz gern mochte. Das war eine Eingebung. Nicht nur Fips und Lasse, sondern auch Mo zum Beispiel, der sich jetzt mit Katja gemeinsam auf den kleinen Teller der Seilbahn stellte, und Luka schubste die beiden an, und sie schossen über den Spielplatz und wurden auf der anderen Seite in hohem Bogen vom Teller geschleudert, und irgendwie schaffte es Mo, Katja auch im Fallen und in der Luft festzuhalten, und als sie am Boden aufkamen, blieben sie einfach liegen und knutschten, und wir jubelten ihnen aus der Ferne zu. Was wir sonst nie gemacht hätten. Konnte uns ja auch egal sein, ob und wann die knutschten. Aber, na ja, wie gesagt, an dem Tag war das alles irgendwie anders.

Geknutscht hätte ich schon auch gerne, aber das überließ ich doch lieber den anderen. Sagte ich mir so. Ich redete mir ein, dass sich solche Sachen halt ergeben würden, im richtigen Moment. Und sich das einzureden, war natürlich das Allerfeigste, weil ich dann nichts mehr weiter unternehmen musste. Das Universum würde das erledigen. Das Universum hatte gar keinen Plan, dass es mich überhaupt gab.

Shanti hatte ein Auge auf Lasse geworfen. Das wussten alle, das war allen klar, nur Lasse stritt es vehement ab. Er wollte nicht, dass Shanti hinter ihm her war. Obwohl Shanti ziemlich heiß ist, muss man sagen. Er wusste nicht, worüber er sich mit ihr unterhalten sollte.

Nicht unterhalten, sagte Fips dann immer.

Fips war von uns dreien tatsächlich der Einzige, der ein bisschen Erfolg bei Mädchen vorweisen konnte. Und wenn wir ihn fragten, wie er das wohl anstellte, trotz seines Gesichts und allem, sagte er, das sei ganz einfach, und zwar weil ihm alles scheißegal sei. Und dann machte er uns nach, mit hochgezogenen Schultern und Roboterbewegungen: »Worüber kommunizieren, um Fortpflanzung zu erreichen. Kann nicht denken wie menschliches Wesen. Help, SOS, Mayday!«

Ich trank Prosecco und beobachtete Lasse, dem Shanti gerade irgendwas erzählte, vielleicht von ihrem Pferd oder von der Scheidung ihrer Eltern oder von ihren neuen Hühnern bei Animal Crossing, gibt's da Hühner?

Und währenddessen, daran erinnere ich mich genau, erzählte Fips mir irgendetwas von Campengehen oder noch besser Wildcampen, einfach loslaufen würde er gern, bis wir nicht mehr könnten, ohne Handys und ohne Karte und dann ein Lager aufschlagen. Und ich konnte sehen, wie Lasses Blick hin und her huschte, zu uns, zu den anderen Grüppchen, auf der Suche nach einem Gespräch, in das er sich einklinken konnte, weil ihm zu dem Pferd und so einfach nichts einfiel.

Wahrscheinlich hatte keiner von uns so richtig mitbekommen, dass Heiko sich der Gruppe angeschlossen hatte. Heiko hat ganz kurz rasierte Haare und eine Bauchtasche, bei der keiner weiß, was drin ist, und er spricht so komisch, als wäre er immer ein bisschen betrunken. Heiko kann es nicht aushalten, sich zu langweilen, zuzuhören, wenn Menschen über den Unterricht sprechen oder über Politik oder den Tischtennisverein. Da bekommt Heiko sofort das Kotzen.

Ach ja, und ein nicht ganz unwichtiges Detail: Heiko war in Shanti verknallt, und zwar seit der Sechsten oder so. Heiko machte daraus kein Geheimnis. Er sagte, sie sei seine Perle, seine Zukünftige, die Mutter von seinen wunderschönen Kindern. Und Shanti sagte: *Fick dich, Heiko, okay?* Aber das hörte der gar nicht.

Fakt ist, dass Lasses panisches Sich-Umschauen irgendwann dazu führen musste, dass er Heikos Blick kreuzte. Und in dem Moment hätte Lasse zwei Dinge tun können: a) ganz schnell woandershin schauen oder b) aufstehen und gehen. Aber Lasse ist, wie gesagt, gedanklich nicht der Schnellste, nur mit den Füßen. Heiko zu sehen, wie er da so breitbeinig im Gras hockte und vor und zurück schaukelte, löste wohl irgendeinen Gedanken aus, den Lasse jetzt doch noch unbedingt zu Ende denken musste.

Wahrscheinlich so was wie: Wie war das noch mal, mit Shanti und Heiko?

Und Heiko sagte: »Bruder.« Mit einer Stimme, die während des Wortes lauter wurde.

Woraufhin Lasse sich auf einmal doch noch Shanti zuwandte und ganz aufmerksam tat. Als hätte sie gerade mit dieser Story über irgendeine andere Freundin aus dem Reitstall, von der Lasse noch nie gehört hatte, sein Interesse geweckt.

Heiko schaute sich um. Er suchte das Publikum.

Mit zwei ausgestreckten Händen deutete er auf Lasse: »Junge, was ist mit ihm?«

»Hm?«, machte Lasse.

»Ich rede vielleicht mit dir, Bruder.«

»Wie, vielleicht?«, sagte Lasse, und jeder von uns dachte sich, dass Lasse ein Idiot ist, weil er ausgerechnet Heiko jetzt zurückprovozierte, indem er ihn mit komplizierten Fragen verwirrte. Dabei wollte Lasse wahrscheinlich wirklich nur wissen, wie Heiko, der jetzt aufstand und seine schwarze Bauchtasche ablegte und ins Gras fallen ließ, das denn gemeint hatte mit dem »vielleicht«.

Heiko breitete seine Arme aus und sagte: »Bitte, Handballjunge. Komm. Lass mal reden oder lass mal Konfliktbereinigung machen.«

Lasse schaute verwirrt in die Runde. Konfliktbereinigung. Das Wort hallte jetzt wahrscheinlich zwischen Lasses Ohren wider wie ein Echo in einer Bergschlucht. Heiko war noch etwa fünf Meter von ihm entfernt und kam mit langsamen Schritten näher. Zwischen ihnen lagen leere Pizzakartons, Rucksäcke, Schuhe …

»Wie Männer«, sagte Heiko.

»Was ist denn jetzt los?«, fragte Lasse.

»Ich zeig dir, was los ist«, bellte Heiko zwischen zusammengebissenen Zähnen, wollte auf Lasse draufspringen, ihn am Kragen hochzerren, ihm wahrscheinlich ein Ohr abbeißen oder so, und verhedderte sich stattdessen ausgerechnet in meinem Rucksack, blieb mit dem linken Fuß in einem der Gurte hängen, strauchelte und wäre fast gefallen. Aber nur fast.

Hinter mir sprang einer auf, das war Luka.

Aber Heiko hatte sich schon losgemacht und Lasse zum Glück die Sekunde genutzt, um endlich zu verstehen, was überhaupt passierte, um aufzuspringen und loszurennen. Und eigentlich, eigentlich wäre es damit zu Ende gewesen. Es gibt keinen Menschen, der schneller rennt als der langsame Lasse.

Wenn er Schuhe trägt. Oder wenn er keine Schuhe trägt. In dem Fall trug er seine Adiletten und kam auch nicht auf die Idee, sie wegzuschleudern und liegen zu lassen. Im Gegenteil. Mit seinen langen Beinen versuchte Lasse, Strecke zwischen sich und seinen eifersüchtigen Verfolger zu bringen und gleichzeitig die Schuhe nicht zu verlieren. Er rannte wie eines dieser großen Hühner, Strauß oder Emu oder so.

Die ganze Crowd war jetzt in Aufruhr, kaum jemand blieb sitzen. Die meisten riefen nach Heiko, um ihn zu beruhigen. Andere feuerten ihn tatsächlich an.

Ich schaute mich nach Fips um. Er war schon gut zwanzig Meter weiter, ebenfalls rennend, den anderen beiden hinterher. Ich schnappte mir meinen Rucksack.

Ich schaffte es, einigermaßen dranzubleiben, um sehen zu können, was passierte. Lasse überquerte die Wiese, die an einer Straße endet. Und Heiko kam tatsächlich näher. Er rannte wie ein Sprinter auf den letzten Metern vor der Ziellinie, gebückt, fast bucklig, mit geballten Fäusten und aufgeblasenen Backen. Er sah aus wie jemand, der wenig Erfahrung mit Rennen hat, aber das kürzlich im Fernsehen gesehen hatte, und jetzt probierte er das mal aus. Er kam trotzdem näher.

Das Auto fuhr offensichtlich deutlich langsamer, als erlaubt gewesen wäre. Lasse sah das Auto kommen, er drehte den Kopf und schaute den Fahrer direkt an. Aber Lasse bremste nicht ab und schaffte es, gerade so, vor dem Auto über die Straße. Es sah fast so aus, als hätte es ihn noch gestreift. Dann bremste es abrupt ab. Der Fahrer stieß die Beifahrertür auf, Heiko strauchelte, wollte um das Auto herumlaufen, aber da war Fips, keine Ahnung, wie er das geschafft hatte. Fips tauchte auf. Fips erschien. Und wusste genau, was er tat.

Er traf Heiko exakt im richtigen Moment. Heiko hatte keine Balance. Fips schubste ihn in Lukas Auto und schlug die Tür hinter ihm zu. Luka gab Gas, und Fips drehte sich strahlend und mit erhobenen Fäusten zu uns um, wie ein Boxer, der seinen Gegner soeben k. o. geschlagen hatte.

Lukas tausend Jahre alter silberner Polo verschwand hinter einer Kurve. Jemand drückte mir schon wieder eine Proseccoflasche in die Hand. Shanti fiel Lasse um den Hals. Ich ließ mich ins Gras fallen und rülpste und wunderte mich, dass da keine Prosecco-Seifenblasen erschienen. Ich vergaß meine Arbeit nicht, weil ich abgelenkt war und Besseres zu tun hatte, sondern weil ich wollte. Weil ich beschloss, sie zu vergessen.

Von Luka hörte man später, er habe Heiko kilometerweit am Strand entlanggefahren und irgendwo zwischen den Dünen ausgesetzt.

Ich weiß nicht, warum mir das gerade jetzt eingefallen ist. Wobei doch: Ich kam an dem Tag ungefähr fünf Stunden zu spät nach Hause. Und das war der Tag, an dem Jakob uns seine Entscheidung mitteilen wollte. Er sprach diesen Wunsch in meinen Kopf hinein, in dem noch immer der Prosecco perlte. Die Information erreichte mein Bewusstsein mit Verzögerung.

Ich kam nach Hause und ich schwankte leicht und roch nach Alkohol. Heute Abend würden wir ein großes Feuer machen, am Meer. Ich würde mich rausschleichen müssen, mich davonstehlen, ich war fest entschlossen. Ich rechnete damit, Ärger zu bekommen. Aber hier wurde etwas zum Thema, das wichtiger war als ich und mein Zuspätkommen und meine Pläne.

»Da bist du ja endlich.«

»Jakob hat was zu sagen.«

»Es ist so …«

Und Jakob erklärte die Dinge, die uns nicht neu waren. Und Papa spuckte Kartoffelbrei. Und Papa sagte, dann könne er hier ja zumachen.

Und Jakob sagte: »Aber Papa, das ist doch jetzt …«

Und ich sagte: »Quatsch.«

Ich hatte vorher nicht viel zum Gespräch beigetragen. Es fiel mir etwas schwer, dem Gespräch zu folgen. Ich hörte die Sätze, verstand die Wörter und musste sie dann noch einmal in meinem Kopf wiederholen, um zu verstehen, welchen Sinn diese Kombination der Wörter machte. Nach Neuseeland. Er würde gehen. Er würde schon in zwei Wochen gehen. Er saß quasi auf gepackten Koffern. Und hielt das alles für relativ unkompliziert.

»Hochsaison!«, schrie mein Vater.

»Wir kriegen das hin«, sagte ich.

»Ich hab immer gewollt, dass du –«, sagte mein Vater und meinte Jakob. Den Erstgeborenen.

Und das machte ja auch Sinn, muss man zugeben. Ich war eben eher so der Sprachentyp, der von der Kundschaft für sein Englisch gelobt wurde, und Jakob war so, dass er rechnen konnte. So, dass man ihm zutrauen würde, so ein Hotel ziemlich anständig und vernünftig und wenig einfallsreich zu führen.

Er wusste nicht, was er darauf antworten sollte.

Er sagte, wenig einfallsreich: »Aber Papa …«

Und Papa nickte und antwortete schlaff: »Ja, so ist das.«

Und während die beiden einander so anstammelten, baute ich mir die nahe und fernere Zukunft zusammen. Ich fand meine Argumente recht schlüssig. Es war so, dass ich keine Ahnung hatte, was ich werden sollte, was aus mir werden sollte. Und es kam überhaupt nicht infrage, dass man das Hotel aufgab.

Ich konnte mir eine Zukunft ohne das Hotel zum Knutt nicht vorstellen.

Und ich schaute meinen Papa an, der jetzt mit sich selbst verwachsen war und zusammengeschmolzen zu einer menschlichen Lawine mit Augen, die hier am Tisch saß, fleischig und nicht in der Lage, sich zu rühren.

Ich sagte nichts, keinen Ton, weil ich in meinem Kopf schon zugehört hatte, wie er dann unvollständige Sätze über die Schule sagen würde und ausgerechnet jetzt und so kurz vorm Abschluss. Und ich sagte, in meinem Kopf, das kann man alles noch nachholen, wenn es gebraucht wird.

Und studiert hätte ich doch sowieso nicht. Und er wieder: irgendwas von wegen, all die Jahre umsonst …

Mir war klar, dass es so nicht gehen würde. Der Plan entstand in diesen Momenten. Mein Prosecco-Hirn baute ihn Stein für Stein zusammen. Wie ich in den kommenden Wochen, bis zu Jakobs Abschied, die Tätigkeiten und Aufgaben übernehmen würde. Aber nicht die von Jakob, sondern eher die von Papa. Wie ich immer schon früher wach wäre. Ich würde mir Ansagen überlegen und aufschreiben müssen, für das Personal, kleine Ansprachen, die am Anfang jeder komisch fände, aber beim dritten Mal hätte man sich daran gewöhnt.

Ich müsste schleichend den Beweis antreten, dass es ging, dass es möglich war. Dass ich da und nicht alles verloren war. Und dass er sich keine Sorgen machen musste.

Irgendwann stand ich vom Tisch auf und klopfte Papa dabei auf die Schulter, um ihm wenigstens auf die Art zu signalisieren, dass er mit mir rechnen konnte. Ich ging an diesem Tag nicht mehr zum Strand. Ich verpasste die Party. Ich war eh müde. Und an das Verpassen, dachte ich mir, musste ich mich wahrscheinlich gewöhnen.

# AUTOFAHREN

»Wir brauchen eigentlich ein Auto«, sage ich.

»Äh, das von deinem Papa«, schlägt Lasse vor.

»Ist bekanntlich nicht da.«

»Stimmt«, sagt Lasse.

»Und einen Fahrer«, sage ich.

Die Nachmittagshitze drückt ganz langsam in die Gaststube, in der wir uns niedergelassen haben. Mir ist immer noch ein bisschen schwummrig. Meine Augen brennen, ich reibe sie, sie brennen noch mehr. Kia sagt, sie würde mich gern, bevor wir jetzt irgendwas unternehmen, untersuchen. Fips macht ein anzügliches Geräusch wegen untersuchen. Beide hören sich für mich an, als wären sie unter Wasser. Kia hat auf einmal eine Taschenlampe in der Hand.

»Dreh dich mal zu mir.«

»Ich weiß nicht, ob wir dafür jetzt die Zeit haben …«

»Geht ganz schnell, echt«, sagt sie und legt mir ihre flache Hand wie eine Trennwand zwischen die Augen. Das habe ich schon mal irgendwo gesehen. Dann bewegt sie ihren Kopf immer nach links und rechts und schaut mich dabei so übertrieben ernst an. Sie ist ganz nah bei mir. Ich kann die Wärme ihrer Hand an der Stirn fühlen. Ich kann ihren Atem in meinem Gesicht fühlen. Ich habe Angst, mich zu verschlucken, wenn ich jetzt schlucke, Angst, einen plötzlichen Hustenanfall zu bekommen.

Angst, plötzlich in Tränen auszubrechen, weil sich das auf einmal alles ganz nah anfühlt und unüberwindbar und viel zu viel für einen wie mich, der sich diese Situation weder gewünscht noch ausgesucht hat. Kein Lebenszeichen seit was? Drei Tagen? Nichts, und wir sitzen hier und labern und essen und machen Witze, als wenn das alles nur ein Spiel wäre.

Mit einer raschen Bewegung reißt Kia die Taschenlampe hoch, knipst sie gleichzeitig an und ballert mir das weiße Licht direkt ins rechte Auge.

»Eeey!«

Sie wechselt aufs linke Auge.

»Was soll denn das?«

Wieder rüber zum rechten.

»Kia, voll unangenehm.«

Und wieder das linke. Ihre Hand liegt jetzt nicht mehr zwischen den Augen, sondern auf meiner Schulter. Ich kann fast nichts mehr erkennen zwischen den Lichtfetzen, die vor meinen Augen tanzen. Sie knipst die Lampe aus, ich muss heftig blinzeln, meine Augen tränen.

»Alles in Ordnung«, sagt Kia.

»Na ja, logisch«, sage ich und fühle mich sogar noch benommener als zuvor, desorientiert an einem Ort, an dem ich Milliarden Mal gewesen bin. Ich weiß, wir müssen hier raus. Es ist ganz egal, was Kias Untersuchung ergeben hat. Wir müssen hier raus und zurück zum Gebrauchtwagenhandel, zum Ort, an dem mein Vater nachweislich gewesen ist. Wir müssen mit der Frau sprechen, die jetzt unseren

Opel hat und die ihm ein Wohnmobil verkauft hat, ein Womo. Ob sie weiß, wo er damit hinwollte.

»Was war das denn?«

»Pupillentest«, sagt Kia. »Keine Gehirnerschütterung oder Schädelverletzung oder so. Nur zur Sicherheit.«

»Mann, Kia«, sage ich, »ich hab mich nur mal kurz hingelegt. Ich war müde. Ich bin voll da, wie immer. Ich hab sogar eine Idee. Wer hat die Nummer von Luka?«

»Du willst Luka mit ins Boot holen?«, fragt Fips, der die Nummer am ehesten haben könnte.

»Luka ist okay«, sage ich, und alle nicken irgendwie halb überzeugt.

»Was denn!?«

Fips und Lasse wechseln einen leidenden Blick, in dem eine Information hin und her geht, von der ich keine Ahnung habe. Ich habe wohl tatsächlich irgendwas verpasst in der kurzen Zeit, in der ich nicht in die Schule gegangen bin, die anderen aber schon.

»Luka ist jetzt mit Shanti …«, sagt Fips.

»Okay«, sage ich, hebe die Hände, lasse sie auf den Tisch fallen.

»Ja«, jammert Lasse.

»Verstehe das Problem nicht so ganz.«

Alle beide wiegen unzufrieden ihre Köpfe hin und her.

»Du hättest doch die ganze Zeit was mit Shanti anfangen können, Lasse«, sage ich. »Du wolltest doch nicht!«

»Ja, na ja …«, Lasse druckst rum und rückt nicht mit der Sprache raus. Zeit, denke ich, das kostet uns alles Zeit.

»Jesus, sag was, oder gib die Nummer.«

»Es ist so«, sagt Fips und wechselt wieder einen komischen Blick mit Lasse, der auf einmal furchtbar traurig aus der Wäsche schaut und damit angefangen hat, einen Bierdeckel in einzelne Schichten zu zerlegen. »Dass Shanti jetzt mit Luka zusammen ist, hat nichts daran geändert, dass Shanti auf Lasse steht. Also, auch steht oder so, keine Ahnung. Und als dann, das eine Mal, da waren wir am Strand abends, und Luka war irgendwann besoffen und hat sich verpisst und Shanti da sitzen lassen und …«

»Sag mal, Lassie«, sage ich, »warum lässt du den das eigentlich für dich erzählen? Was ist denn los mit dir?«

»Bin nicht stolz drauf«, knurrt Lasse zwischen zusammengebissenen Zähnen.

»Also ist was gelaufen?«

»Vollgas!«, ruft Fips triumphierend wie ein stolzer Trainer, der sich über den Erfolg seines Schützlings freut.

»Wie, Vollgas?«, frage ich, viel zu eifrig, viel zu neugierig, viel zu schnell haben wir wieder vergessen, worum es hier eigentlich geht, nur wegen so ein bisschen Gossip. »Was heißt denn das?«

Lasse schaut mich an, dann huschen seine Augen in Kias Richtung. Verstehe. In Mädchenanwesenheit ist ihm das Gelaber peinlich.

Er lässt den zerfetzten Bierdeckel auf den Tisch fallen und hebt vier Finger. Vierte Base, Homerun sozusagen, Sex. Sex on the beach, denke ich nur und verkneife es mir, das laut auszusprechen. So ein Vollidiot.

»Ja gut«, sage ich, »und Luka weiß Bescheid und will dich sozusagen gerne überfahren und kommt deswegen nicht als Fahrer jetzt infrage. Außer wir liefern dich aus, als Gegenleistung. Wie wäre das so?«

Fips nickt. Lasse sagt kleinlaut: »Na ja, keine Ahnung. Oder ihr verzichtet auf mich.«

»Kommt nicht infrage.«

»Wir können ja leihen«, wirft Kia auf einmal ein.

»Und dann fährt wer genau?«, frage ich.

»Also ich kann«, sagt Kia. »Ich könnte …«

»Wie, du kannst fahren?«

»Ich habe einen Führerschein.«

»Du bist achtzehn?«

Kia zögert und wird sogar etwas rot, was mir zum ersten Mal bei ihr auffällt, und es steht ihr irgendwie gut.

Das Alter ist also der Knackpunkt.

»Ich habe den Führerschein, wo ein Erwachsener mit dabeisitzen muss.«

Ich raufe mir etwas zu theatralisch die Haare: »Ja, danke für die Information, ich dachte, du könntest uns vielleicht mal weiterhelfen zur Abwechslung!«

»Ich *kann* fahren«, wiederholt Kia, und mir wird klar, was sie damit meint: Sie ist auch bereit, es zu tun.

Keine Viertelstunde später sitzen wir in Lukas tausend Jahre altem silbernen Polo. Es riecht nach Energydrinks, das kommt von den Dosen, die hinten den Fußraum bedecken und beim Fahren aneinanderklackern. Die Oberflächen sind auch alle etwas klebrig. Aber das macht nichts, der Polo fährt, und wenn er nicht mehr fährt, wenn er ausgerechnet jetzt kaputtgehen sollte oder sogar, wenn wir ihn gegen einen Baum fahren: kein Thema, hat Luka gesagt. Ist eh nix mehr wert, macht's eh nicht mehr lang.

Luka ist okay, ziemlich okay. Hatte ich mal wieder recht.

Als er Kia sah, war er kurz ein bisschen irritiert, so wie ich, als sie auf einmal in unserem Hoteleingang gestanden hatte. Wahrscheinlich dachte er, sie wäre jetzt meine Freundin, also – könnte ich mir vorstellen, dass er das dachte. Und die Geschichte war ja auch, dass sie das Auto brauchte, um ihre Oma abzuholen, die unsere Sprache nicht spreche, an einem Bahnhof gestrandet sei und verwirrt.

»Klar, alles gut«, sagte Luka und händigte uns den Schlüssel aus, an dem ein ebenfalls etwas klebriger Miniatur-Tennisball baumelte.

»Wie kann man so dumm sein?«, wiederhole ich immer wieder, während wir in Lukas Auto sitzen und in Richtung Gebrauchtwagenhandel fahren. Ich bin der Beifahrer, die Jungs hinten, zwischen ihnen der Hund. Ich klammere mich an diesen komischen Festhaltebügel, bei dem ich mich immer gefragt habe, wofür der gut sein soll. Jetzt weiß ich es.

Kia fährt rasant, dabei aber nicht wie eine Anfängerin, die die Maschine nicht einschätzen kann, sondern wie eine geübte, ungeduldige Raserin. Sie fährt auf, sie bremst an Ampeln spät und sehr plötzlich. Oder sie bremst lieber gar nicht und gibt Gas, um gerade noch bei Gelb über die Kreuzung zu ballern.

»Wie kann man so dumm sein?«, wiederhole ich also, auch um mich abzulenken, um hier vorne keine Diskussion über den Fahrstil anzufangen, um Kia jetzt nicht noch das bisschen Konzentration zu rauben, das sie aufbringt, um auf ihrer Spur zu bleiben.

»Ja«, sagt Lasse.

»Und hat es sich gelohnt wenigstens?«

»Ja«, sagt Lasse.

»Und warum erfahre ich überhaupt erst jetzt davon, was soll der Scheiß denn eigentlich?«

»Ja«, sagt Lasse, »sorry, echt.«

»Ja warum?«

»Das ist passiert, und dann wollte ich lieber, dass es nicht passiert wäre. Also, habe ich gar nicht drüber geredet. Und auch Shanti, also nicht ignoriert, sondern ihr aus dem Weg gegangen und geghostet. Weil ich dachte, wenn man drüber redet, ist das ja wieder da, und dann dauert das umso länger, bis es alle wieder vergessen haben.«

»Okay«, sage ich und dann »Oka-aaay«, weil Kia, wir sind jetzt auf der Landstraße, einen Traktor überholt, und dieser Scheiß-Polo hat vielleicht drei PS oder so, und natürlich kommt uns gerade jetzt so eine Dreckschleuder von SUV entgegen, dessen Fahrer kein bisschen auf die Bremse steigen will, und ich stelle mir vor und kann schon vor meinem inneren Augen dabei zusehen, wie der SUV entweder einen der Bäume der Allee fällt oder uns wie eine Art Sprungschanze benutzt …

»Kia!«, rufe ich, als wäre das superhilfreich, sie jetzt an ihren Namen zu erinnern.

Der Motor heult einen hohen Ton, Fips hämmert hinter mir auf meine Kopfstütze, der Alte Herr knurrt, und ich kann sehen, dass Kia ein bisschen lächelt, als sie den Schulterblick macht und den Polo auf die rechte Seite der Straße zurückkehren lässt.

»Scheiße!«, rufen Fips und ich fast zeitgleich.

»Alles in Ordnung, alles unter Kontrolle«, sagt Kia.

»Nix Kontrolle!«, rufe ich.

»Na ja, und dann war ja eh das hier …«, fährt Lasse fort, als wären wir nicht gerade gemeinsam fast von der SUV-Ramme des Todes aufgespießt worden, »und das war wichtiger als der Scheiß mit dem Girl, muss man auch mal sagen, und insofern war das für mich auch irgendwie gut.«

»Okay«, sage ich, und Lasse merkt währenddessen, was er gerade von sich gegeben hat.

»Also nicht gut, natürlich! Das ist nicht gut, das ist krass und scheiße. Voll. Aber dass ich von euch nicht danach gefragt wurde und über was anderes auch mal nachdenken konnte so …«

»Ich versteh schon«, sage ich. Alles gut.«

# DIE LADY

Kein Lebenszeichen, denke ich wieder, als wir auf das Gelände zulaufen. Lebenszeichen, das ist natürlich ein saublödes Wort, weil es heißt, dass man auf einen Beweis hofft für irgendwas. Es gibt keinen Beweis dafür, dass er lebt, kein Zeichen, genauso wenig wie für das Gegenteil.

Manchmal tauchen Momente in meinem Gehirn auf, die mir das Unterbewusstsein funkt, wie um zu sagen: Du nimmst das zu leicht. Vergiss diese Situation mal nicht oder das hier. Weißt du noch, wie das damals war, erinnerst du dich? Ganz schön besorgniserregend, oder?

Ich schiebe das weg, ich kann das wegschieben. Die Erinnerung an Papa, der vor den verknoteten Angeln sitzt und heult; immer wieder. Papa, der seit zwei Stunden vor dem Backofen sitzt und dem Hackbraten dabei zuschaut, wie er schwarz und schwärzer wird, als wäre der etwas Lebendiges, das er sterben sehen will, obwohl er es einfach nur nicht geschafft hat, die Motivation aufzubringen, den Braten rauszuholen. Papa, der einer gerade angekommenen Familie gegenübersteht: Der Familienvater hat ihm eine Frage gestellt, die Papa nicht gehört hat. Papa schaut ausdruckslos durch die Menschen hindurch und verfällt plötzlich in ein viel zu lautes, maschinenhaftes Gelächter. Als würde er davon ausgehen, der Mann hätte gerade einen Witz gemacht, auf den er angemessen reagieren muss, um die Situation zu entschärfen.

Ich kann das alles wegschieben, aber dadurch verschwindet nichts. Das türmt sich auf, in einem anderen Eck in meinem Gehirn, und wenn der Turm zu hoch ist, fällt was runter und landet wieder vorne, bei mir. Hallo, Josh, ich bin's, deine Erinnerung.

»Alles okay?«, fragt Kia, die mich jetzt irgendwie unter Beobachtung hat. Ist aber auch eine blöde Frage, wenn man bedenkt, warum wir in diesem Moment genau hier sind, am Rande der Schrottwüste, anstatt die letzten Sommertage am Strand zu vergammeln und uns gegenseitig mit Algen zu bewerfen.

Ich nicke und beschleunige meinen Schritt, der Alte Herr und ich überholen die anderen und gehen voran. Es wird Zeit, das zu klären. Er war hier, so weit waren wir schon mal, aber er war genau hier, nicht nur in der Nähe, er hat hier sein Erspartes ausgegeben, den Notgroschen.

Das Tor steht offen diesmal. Die Kette baumelt lose an den Streben. Auf dem Gelände ist trotzdem niemand zu sehen.

Ich klopfe an die Tür einer weiß-blauen Hütte aus Blech, die aussieht, als hätte sie jemand hektisch zusammengeklopft, und die wahrscheinlich trotzdem schon seit dreißig Jahren oder so genau so rostig und baufällig hier herumsteht und nicht zusammenfällt. Ich klopfe gleich noch einmal, weil meine Hand so zittert, dass ich beim ersten Mal nur sehr schwächlich geklopft habe, und vielleicht hat das niemand gehört …

Ich habe die Hand noch in der Luft, als die Tür aufgerissen wird.

Das ist nicht mein Vater, der vor uns steht. Okay, logisch, klar. Das ist die Frau, die ich auf Lasses Handy gesehen habe. Sie trägt die gleiche sandfarbene Tarnkleidung. Sie trägt sogar den blöden Cowboyhut, obwohl sie ja offensichtlich gerade drinnen war.

Die Tiger Queen, die Krokodilfrau, die irre Autohändlerin. Mies gelaunt schaut sie außerdem aus.

Die Krokodil-Lady hat dunkle Augenringe und schlaffe Backen. Sieht aus, als hätte jemand alte Haut von einer Leiche oder so mitgebracht und wie zum Trocknen an ihren Ohren aufgehängt, und das ist jetzt ihr Gesicht. Auf dem Bild, das wir kennen, war sie irgendwie noch fresher.

»Ja?«, sagt sie zur Begrüßung. Sie stößt das Wort erschöpft aus, sie lässt es aus ihrem Mund fallen. Es wird begleitet von einem üblen Geruch nach Kippen und Kaffee.

»Entschuldigen Sie die Störung«, sage ich, und während ich stammelnd versuche zu erklären, warum wir hier sind, also während ich versuche, nach meinem Vater zu fragen, ohne dieser Frau, vor der ich eine schrecklich den Rücken hinunterkriechende Angst bekomme, zu viel zu verraten, bemerke ich, wie sie anfängt, uns zu mustern. Wie sie erst jetzt damit beginnt, uns zu sehen und richtig wahrzunehmen.

»… und ob er Ihnen gegenüber vielleicht etwas angedeutet hat …«, sage ich, als sie mich unterbricht.

»Euch kenne ich.«

»Wie?«, frage ich, und hinter mir ist es auf einmal ganz still.

Als hätten sich meine Freunde schlagartig aus dem Staub gemacht. Als wären sie nie mit mir hier gewesen. Auch der Alte Herr scheint sich wahnsinnig unwohl zu fühlen. Er hat den Kopf gesenkt und den Schwanz zwischen die Hinterbeine gesteckt.

Die Kroko-Lady wendet ihren Blick von mir ab. Ich versuche, den Moment zu nutzen und an ihr vorbei- und in die Hütte zu schauen: Ist da was? Eine Riesenechse, die uns gleich den Kopf abbeißt? Ein depressiver alter Mann in einem Käfig, den sie mit Hühnerknochen füttert, die ihre Echsen hochgewürgt haben? Nein, nichts dergleichen. Ein Stuhl, ein Tisch, ein Kühlschrank, blaue Müllsäcke voller Pfandflaschen, Motorenöle verschiedener Marken … Die Lady fixiert Lasse.

»Du«, sagt sie.

»Ich?«, fragt Lasse.

»Du bist der Spacken, der mir hier auf den Zaun gestiegen ist.«

»Was?«, sagt Lasse.

»Sch-sch-sch. Tu mal nicht so jetzt«, sagt die Lady und macht einen kleinen Schritt zurück in die Hütte.

»Ich –«, sagt Lasse, »ich wollte nur, ich wollte ihnen, also denen, den anderen nur …«

»Und dann habt ihr alle drei versucht, mir hier einzubrechen.«

»Einbrechen?«, frage ich empört.

»Was seid ihr? Ordnungsamt? PETA?«

»Nein, nein«, gehe ich dazwischen, »gar nichts, wir sind nichts, nur wegen meinem Vater …«

»Also Diebe einfach. Einfach paar kleine, hirngefickte Diebe, hm? Wolltet mal nachschauen, mal überprüfen, ob überhaupt jemand da ist. Hm?«, sie macht noch einen Schritt nach hinten und streckt dann den rechten Arm ins Dunkel aus. »Wolltet mal die Lage abchecken, ob man hier was mitgehen lassen kann von den Schätzen. Ja? Aber ich hab meine Augen überall. Wie ein Falke, die Augen!«

Ein krummer Finger wie eine Kralle deutet in ihr linkes Auge. Ich schaue direkt hinein, ihre Augen sind gelblich und wässrig und lassen ihre Aussage, das mit den Falkenaugen, nicht unbedingt glaubwürdiger erscheinen. Aber andererseits hat sie uns wirklich gesehen und wie Lasse auf den Zaun gestiegen ist, und wir haben weit und breit keinen Menschen entdeckt, von daher, das hat sie auf ihrer Seite, das muss man ihr lassen. Sie passt auf ihren Laden auf.

Sie hat ein Gewehr in der Hand.

»Fuck«, sage ich.

Die Frau hat ein Gewehr in ihren Krallen.

»Hey, ganz ruhig!«, ruft Fips. Der Hund bellt, aber nur einmal und schüchtern wie ein Welpe.

Das Gewehr hat einen sehr langen und dünnen Lauf. Sieht ein bisschen aus wie so ein Schießbudengewehr auf dem Rummel. Das kleine Loch am Ende des Laufs deutet genau auf, na ja, auf meinen Hals, würde ich sagen. Ich hebe reflexartig beide Hände auf Kopfhöhe.

So stehen wir da. Ich bin eingefroren, weil ich davon ausgehen muss, dass jede plötzliche Bewegung ihren nervösen Zeigefinger alarmiert, und dann jagt mir was auch immer durch die Luftröhre. Und sie, die Kroko-Lady mir gegenüber, blinzelt träge wie eine ihrer Echsen und schaut ein bisschen so aus wie jemand, der vergessen hat, was er gerade vorhatte. Sie schluckt hörbar, befördert irgendetwas Schleimiges ihren Rachen hinunter. Ihr Hals sieht aus wie der von einem Truthahn, zerteilt in unzählige, faltige Schluchten. Das wäre der Moment gewesen, in dem ich ihr das Gewehr aus der Hand hätte schlagen können. Der Moment ist vorbei.

Die Zeit steht still. Eine Fliege summt und setzt sich auf mein Ohr. Der Wind weht Sandkörner in die Hütte.

»Verpisst euch«, sagt sie, und wir verzichten auf eine Abschiedsfloskel und rennen los.

Ich muss mich dringend anlehnen, als wir beim Polo ankommen. Ich muss mich ganz dringend wo festhalten. Dann wird mein Körper von unsichtbaren Kräften durchgeschüttelt. Ich gehe auf dem sandigen, von dürren, hässlichen Kräutern bewachsenen Boden auf die Knie, die Hände hinterm Kopf verschränkt, der Kopf zwischen den Unterarmen. Damit er nicht platzt. Damit ich hier jetzt nicht in die Luft fliege.

Fuck.

Was ist das?

Mein Herz rast so heftig, wie ich es noch nie gespürt habe. Mein Atem geht flach und schnell. Ich versuche, mich auf meinen Atem zu konzentrieren. Mich darauf zu konzentrieren, dass er vielleicht langsamer wird. Aber er bleibt schnell und flach und pfeift durch meinen Mund auf den sandigen Boden. Mein Gehirn fühlt sich an, als würde es gegen die Schädeldecke drängen, als wollte es raus da aus seinem Gefängnis. Ich kann mich nie wieder bewegen, das weiß ich, aber ich weiß auch, dass wir hier nicht bleiben sollten, in unmittelbarer Nähe zu dieser verrückten alten Schachtel. Kugeln jagen pfeifend durch mein Gehirn, schrecken Tiere im Gebüsch auf, wirbeln durch den Sand.

Ich bin siebzehn und es ist Sommer. Ich sollte meine Zeit nicht damit verbringen, in den Nächten bei Tiermedien rumzuhängen und am Tag in Gewehrläufe zu schauen.

Jemand legt mir eine Hand auf den Rücken. Jemand richtet ein paar Worte an mich, die beruhigend klingen, obwohl ich sie nicht verstehen kann.

Irgendwann verlangsamt sich mein Atem tatsächlich. Mein Herz rast zwar nach wie vor, aber nur noch so normal schnell, nicht mehr übertrieben Schnellstes-Herz-der-Welt-mäßig. Jemand packt mich unter den Armen und richtet mich auf. Ich kann Geklapper hören von Energydrink-Dosen, die gegeneinandergeschoben werden.

Da ist Wasser, sagt jemand, und jemand anders fragt, ob man das wohl noch trinken kann. Nein, denke ich, dann kippt mir jemand, das ist Fips, die ganze Flasche über den Kopf. Das Wasser ist lauwarm und es riecht auch eher mockig. Aber der Schreck holt mich in die Welt zurück.

Wir stehen vor dem Auto. Die Sonne brät uns durch wie Grillhähnchen. Wir schauen uns an, und jeder wartet auf den, der zuerst was sagt. Ich blinzle das Wasser aus meinen Augen, das sich dort mit Tränen vermischt hat. Niemand sagt was, dann liegen wir uns in den Armen, alle vier, und wir lachen, wir lachen über diese traurige Frau, und wir lachen, weil wir erleichtert sind, dass sie uns am Leben gelassen hat.

Und dann bin es doch ich, der als Erster etwas sagt:

»Du hast es irgendwie echt drauf mit den Frauen so, Lasse. Das läuft bei dir. Da kann man noch viel lernen, glaube ich.«

Dann lachen wir wieder. Es ist nicht zum Lachen, nichts, aber es ist trotzdem besser so.

# FLUGPLATZ

Kia fährt. Das ist ziemlich schnell normal geworden. Ich muss mich jetzt auch nicht mehr festhalten wie bei der Hinfahrt. Kein Problem. Ich habe gerade in den Lauf eines Gewehrs in den Händen einer offenbar geistesgestörten Frau geblickt, da muss ich wohl keine Angst mehr haben, nur weil eine junge, weniger geistesgestörte Frau nicht so viel Fahrpraxis hat.

Wir haben die Szene tausend Mal durchgesprochen und dabei immer wieder dieselben Worte und Gedanken wiederholt. Wie krank. Aber auch, dass man sich das, nachdem wir wussten, was wir wussten, auch hätte denken können, irgendwie. Und dass das natürlich Lasses Schuld war, klar, einer muss schuld sein. Wir sind aufgeregt und reden durcheinander. Und Kia fährt. Ich weiß gar nicht, wohin.

»Völlig obszön«, sagt Fips.

»Du meinst absurd«, sage ich.

»Vulgär«, antwortet Fips.

»Blödsinn.«

»Was hätte Fränk gemacht?«, fragt Fips, und ich brauche einen Moment, um zu verstehen, was er meint: in der Situation.

Er hätte gewartet und gequält gelächelt.

Er hätte sich nach vorn gelehnt, mit der Stirn gegen die Mündung des Gewehrlaufs, dass ein tiefer Abdruck geblieben wäre, so oder so. Denke ich. Ich weiß nicht, ob das stimmt.

»Müde gelächelt«, sage ich. »Der hätte das dieser Alten keine Sekunde abgekauft.«

Und das stimmt wahrscheinlich auch.

Für einen Moment kehrt Ruhe ein im Auto. Draußen ziehen Felder vorbei und kleine Wälder aus dürren Bäumen, die aussehen, als könnten sie keinem Sturm standhalten. Und irgendwo dreht sich immer ein Windrad und daneben stehen drei still. Und wenn man sich mal überlegt, denke ich, wenn man sich mal vorstellt, meine ich, wie das ist, ganz allein da draußen zu sein, irgendwo am Fuße so eines Windrads oder so, und um einen herum ist nichts, und niemand ist da, der sagen würde, komm, lass mal woanders hingehen. Oder zumindest keiner, den man hören würde, wenn er was sagt. Ich glaube, vielleicht ist es das, vielleicht hat er sich manchmal ungefähr so gefühlt, verloren in der Welt. Ich habe das Gefühl, das könnte es sein, auch wenn ich das natürlich niemals hundertprozentig nachfühlen kann.

»Müssten wir jetzt nicht eigentlich die Polizei alarmieren?«, fragt Fips. »Ich meine, wie heißt das, Bedrohung und illegaler Waffenbesitz doch bestimmt auch, oder?«

»Mach doch«, sage ich und beobachte im Rückspiegel, wie Fips kleinlaut nickt und dann aber nicht bei der Polizei anruft, sondern stattdessen den Hund krault.

»War, glaub ich, eh nur ein Luftgewehr«, sagt Lasse.

»Deswegen darf man damit trotzdem nicht einfach auf Leute zielen!«

»Stimmt schon«, sagt Lasse, und ich bekomme das Gefühl, dass Kia irgendwie gar nicht zurück- und nach Hause fährt, und als ich sie frage, lächelt sie und schüttelt den Kopf.

»Nein, Mann. Wir müssen doch suchen, oder?«

Womit sie streng genommen ziemlich recht hat.

Ich versuche zu erkennen, wo wir sind, aber hier schaut eh alles so fucking gleich aus. Die Sonne ist schon wieder am Untergehen und lässt die sumpfigen Tümpel zwischen Schilfgras leuchten, als würde unter der Erde ein Feuer lodern.

»Ja schon«, sage ich, »aber das ist doch voll random, jetzt irgendwohin zu fahren.«

»Mach ich nicht«, sagt Kia, ohne mich anzuschauen dabei, geht vom Gas, biegt an einer Kreuzung ab, beschleunigt wieder. Wir fahren weiter, dem Stand der Sonne nach zu urteilen, ungefähr Richtung Norden.

Ich spüre, wie der Ärger in mir hochkocht. Es geht hier um mich, nicht darum, dass Kia uns ihre Fahrskills vorführen kann. Es geht hier im Grunde genommen ja noch nicht mal um mich, sondern um meinen Vater, dem einfach sonst was passiert sein kann, der vielleicht Hilfe braucht. Wir haben wieder eine falsche oder zumindest unbrauchbare Fährte verfolgt. Wir haben keine Ahnung und nicht wirklich die Zeit für eine nette Ausfahrt mit einem Auto, das sie streng genommen gar nicht fahren darf. Jeden Moment könnte die Polizei auftauchen und dann sind wir alle gemeinsam im Arsch und dann brauche ich denen auch nichts mehr von meinem vermissten Daddy als Entschuldigung vorzuheulen.

»Kia«, sage ich, »verrat uns wenigstens, was du vorhast, damit ich dir sagen kann, dass das Bullshit ist, und wir in Ruhe überlegen können, was zur Hölle wir jetzt als Nächstes anstellen sollen.«

»Ja«, antwortet Kia und biegt im selben Moment auf einen holprigen Feldweg ein, nimmt ein, zwei Schlaglöcher mit, hinten stößt sich Lasse fluchend den Kopf an der Decke. »Ich erkläre es euch gleich«, sagt sie und stellt das Auto auf eine Art Parkplatz auf einer Wiese hinter einem Gebüsch. In unserem Rücken stehen Bäume, vor uns breitet sich eine weite Fläche aus mit Straßen, die wie aus dem Nichts auftauchen und plötzlich wieder enden, ein seltsames, flaches Gebäude mit einem Turm, an dem, wie es von hier aussieht, eine Leiter hinaufführt bis zu einer Art Kanzel. Weiter hinten stehen eine Halle und ein dreieckiges Gebäude, das fast an eine Pyramide erinnert. Je länger man auf das Gelände schaut, desto mehr Gebäude tauchen auf, die sich, als würden sie Verstecken spielen, hinter Gebüsche ducken oder an kleine Hügel drängen. Alles ist bewachsen mit Flechten und Moosen. Auf dem Flachdach neben dem Turm wächst sogar ein kleiner Nadelbaum.

Ich glaube, hier ist lange niemand mehr gewesen.

»Wo sind wir?«, will ich wissen.

»Kennt ihr nicht?«, fragt Kia überrascht. »Hätte ich schon gedacht. Der Flugplatz eben.«

Nach und nach steigen wir aus dem Auto. Trockenes Gras zerbröselt unter meinen Füßen.

»Fliegen hier noch welche?«, fragt Lasse.

»Nee«, sagt Kia. »Also, theoretisch. Sonderflugplatz, aber ich glaub, die Flieger haben den vergessen.«

Wie magnetisch angezogen, gehen wir auf das Flachdachgebäude mit Turm zu, das wahrscheinlich so etwas wie die, ich weiß nicht, wie das bei Flugplätzen heißt, Schaltzentrale oder so war. Die Luft ist heiß und schwer und flimmert über den Straßen, die eigentlich keine Straßen, sondern Start- und Landebahn sind. Grillen zirpen im braun gewordenen Gras, das mir gegen die Schienbeine weht.

Wir sind die letzten Menschen auf der Welt, zumindest wenn sich dort oder in den Hangars dahinten niemand mehr versteckt. Vielleicht haben unsere Vorgänger Vorräte übrig gelassen, mit deren Hilfe wir noch ein paar Monate länger überleben können, bevor das Gift all unsere Organe zersetzt hat.

»Das erinnert mich an was«, sagt Lasse. »Das habe ich auch vor Kurzem erst in der Zeitung gelesen.«

Ich wusste gar nicht, dass mein Kumpel Lasse so viel Zeitung liest.

»Erzähl«, sage ich, denn der Weg zum Turm, den wir offenbar ansteuern, ohne uns überhaupt darüber verständigt zu haben, scheint auf einmal weit, sehr weit. Wir laufen auf ihn zu, aber wir kommen nicht näher, weil wir ihn währenddessen immerzu anstarren, weil wir uns nur auf ihn konzentrieren.

»Eine griechische Frau ist am Münchner Flughafen gelandet«, fängt Lasse an.

»Fake News«, ruft Fips.

»Lass den Mann erzählen«, sage ich.

»Mit ihren beiden Töchtern«, fährt Lasse fort, »aber das

ist eigentlich voll egal für die Story. Und die wollten da nur umsteigen und dann weiter nach Armenien. Jedenfalls muss man dann ja durch dieses Kontrollding durch mit den Taschen und allem, Scanner oder wie das heißt.«

»Ist egal, wie das heißt«, sage ich.

Lasse ist nicht der beste von allen Geschichtenerzählern, aber er gibt sich Mühe, zum Punkt zu kommen.

»Und sie legt da halt ihre Tasche oder was sie dabeihat auf das Förderband und dann noch eine Truhe, also eine, na ja, eine Holzkiste.« Lasse zeigt mit den Armen, wie groß wir uns die Holzkiste etwa vorzustellen haben. »Und sie geht selbst durch dieses Scannertording durch und alles gut und dann ihre Tasche, und alles ist normal, irgendwelche Magazine und belegte Brote oder so, und dann fährt die Truhe durch die Kontrolle, durch das Röntgengerät, mit dem die Mitarbeiter da ja reingucken können, ne.« Lasse macht eine Pause.

»Ja und?«, sagt Fips ungeduldig.

»Knochen«, sagt Lasse. »Knochen, wie man das kennt aus Comics oder von dem Skelett im Biounterricht oder so, einfach eindeutig menschliche Knochen in der Kiste von der griechischen Omi.«

»The fuck«, sagt Fips, und ich schaue auf, blinzle gegen die Sonne. Das war schon mal ganz gut mit der Geschichte, wir sind dem Turm deutlich näher gekommen.

»Ja«, sagt Lasse, und ihm ist die Vorfreude in seiner Stimme anzuhören. »Die Omi hatte den Opi dabei. Ich schwöre es euch. Der war ein Armenier, ist aber in Griechenland gestorben, also wollte sie seine Überreste natürlich heimbringen, ist ja klar, also, macht man vielleicht so, und dann – muss man da natürlich irgendwie hinkommen mit den Knochen.«

Lasse bricht in Gelächter aus, ich muss auch ein bisschen schmunzeln immerhin, auch wenn ich es gleichzeitig ein klein wenig unpassend finde, jetzt über Knochen verstorbener alter Männer zu sprechen …

»Ja, und dann?«, sagt Fips.

»Pass auf«, antwortet Lasse. »Alle waren so voll what-the-fuck-mäßig am Flughafen. Kann man sich ja vorstellen. Die hat lauter Knochen in der Kiste, was machen wir denn jetzt mit der, muss die damit durch den Zoll, darf die das, ist das Störung der Totenruhe oder so was … Das musste dann natürlich alles erst mal geklärt werden. Deutschland halt, ne. Und dann am Ende von allen Überprüfungen oder was weiß ich haben sie gesagt, es gibt da jetzt eigentlich gar nix, dass man sagen könnte, das wäre aus dem und dem Grund verboten. Die darf das machen. Und dann ist sie weitergeflogen, nach Armenien, mit ihrer Kiste, mit den Knochen.«

»Stark«, sagt Fips.

»Richtig gut«, sagt Kia.

»Und jetzt?«, sage ich und schaue am Turm hinauf.

Tatsächlich führt hier so eine Art Feuertreppe im Zickzack an der breiten, gemauerten Außenwand des Turms entlang. Die Treppe ist sehr rostig, die Stufen sind teilweise durchgerostet, sieht nicht wahnsinnig stabil aus. Im Flachdach-Gebäude daneben ist alles dunkel. Die meisten Scheiben sind eingeworfen. Die Fensterlöcher atmen einen kühlen Schimmelhauch aus.

»Also noch mal jetzt, Kia«, sage ich, »was machen wir hier?«

»Zwei Gründe«, sagt Kia. »Ich kenne mich hier ein bisschen aus. Dahinten«, sie deutet in die Ferne, ich sehe nur

Gebüsch, dahinter müsste irgendwo das Meer sein, »gibt es so eine Art Stellplatz, ziemlich gut versteckt. Manchmal campen da Leute. Also, wenn ich ein Wohnmobil hätte … Ja, na ja.«

»Okay«, sage ich. »Und zweitens?«

»Ihr erinnert euch, was ich erzählt habe. Mit dem Licht und dem Brummen und so.«

»Die Aliens«, sage ich.

Kia grinst.

»Ja, nicht irdische Besucher«, antwortet sie, als wäre das die politisch korrekte Bezeichnung.

»Echt jetzt?«, frage ich.

Kia rollt mit den Augen.

»Was ich gesehen habe, habe ich gesehen, und das war eindeutig, okay?«

»Okay«, sage ich.

»Also: Wenn sie bei uns runtergekommen sind, um zu tanken zum Beispiel, dann doch wahrscheinlich hier. Ob das was mit deinem Papa zu tun hat, Josh, ganz ehrlich, keine Ahnung. Aber hier wäre ein guter Ort für die.«

»Der Flugplatz?«, sage ich, vielleicht etwas zu unfreundlich. »Du meinst, wenn die hier landen, dann halten die sich an die Regeln und melden sich am Tower an, ob überhaupt was frei ist? Womit sind die wohl unterwegs, mit einer kleinen Propellermaschine oder mit so einem Segelflieger? Und damit kriegen die das hin, die achtzig Milliarden Lichtjahre abzureißen, um hier vorbeizuschauen und meinen Vater einzupacken wie so ein DHL-Päckchen in der Packstation?«

»Ja, na ja«, sagt Kia. »Im Grunde genommen, ja.«

»Wenn die Aliens kommen«, protestiere ich, und ich rede zu laut, ich rede viel zu laut, »dann suchen die sich irgendwelche Maisfelder oder was weiß ich, einsame Waldlichtungen, militärische Sperrgebiete, aber doch nicht einen fucking Landeplatz in scheiß Niedersachsen!«

Kia mustert mich amüsiert. »Du hast zu viel so Science-Fiction-Quatsch angeschaut.«

»Du hast …!«, rufe ich, beruhige mich halbwegs, winke ab. »Vergiss es.«

»Ich habe mir das so überlegt«, sagt Kia genauso ruhig und freundlich, wie bevor ich sie im Schatten des Towers angebrüllt habe, »ihr zwei, Lasse und, äh, Fips, ihr guckt mal nach dem Stellplatz.« Sie deutet wieder in Richtung Gebüsch.

Von hier aus ist wirklich gar nichts zu sehen. Ich überlege, ob es sein kann, dass Kia die ganze Zeit schon mit irgendwelchen irdischen oder nicht irdischen Entführern unter einer Decke steckt, und jetzt teilt sie die Gruppe und schickt die beiden Dummdeppen der Gruppe voraus, damit die schon mal von ihren Komplizen abgeerntet und ausgenommen werden können, und ich kann nicht helfen.

»Und wir«, fährt Kia fort, »schauen von oben«, und sie deutet die rostige Treppe entlang, an deren Ende der Turm dieses Podest hat, auf dem man einmal rund um den Turm spazieren kann.

Ich schaue Kia an, schaue ihr in diese großen tiefblauen Augen und vergesse die Paranoia ganz schnell wieder. Sie will hier natürlich niemanden abliefern und abernten und ausnehmen. Sie will helfen, und wenn im Zuge dessen vielleicht auch noch ihre Theorie bestätigt wird, dann freut sie sich wahrscheinlich. Und wenn nicht, hat sie alles beigetragen, was sie beitragen konnte.

Auf dem Weg nach oben frage ich sie: »Kia, angenommen, das würde stimmen und die Dings, nicht irdischen Leute da hätten sich meinen Vater zum Auftanken gekrallt. Also nicht, dass ich das glauben würde oder so, aber wenn es das wirklich geben würde … Wie geht es einem denn danach, also nachdem man so energiemäßig ausgesaugt wurde?«

Kia überlegt. Wir lauschen dem Geräusch unserer Schritte auf den rostigen Stufen.

»Hm, ich weiß nicht, ich war ja auch noch nie in der Situation, weißt du, Joshua.«

»Ja, schon klar, aber …«

»Wahrscheinlich musst du dir das so vorstellen, wie als du vorhin ohnmächtig geworden bist.«

»Bin ich ja gar nicht.«

»Na gut, okay, also ich meine den Moment, wenn man wieder wach wird nach einem Nickerchen oder so und man ein paar Sekunden lang durch den Wind ist. Das aber halt drei Tage lang, schätzungsweise, und dann dürfte es wieder gehen.«

»Dann bin ich ja einigermaßen beruhigt«, sage ich. Kia und ich erreichen das Podest. Der Wind weht uns sofort die Haare ins Gesicht. In einer Ecke liegen Bierdosen und Kippenstummel. Die Wand des Turms ist mit Sprüchen und Tags vollgeschmiert.

# EIN GEHEIMER ORT

Schwer zu glauben, aber von oben schaut das Gelände noch flacher und trostloser aus. Da unten laufen Lasse und Fips und der Alte Herr, unsere drei Abgesandten auf Mission, die sich relativ langsam vom Turm wegbewegen in Richtung der dichten Gebüschreihen, wo Kia möglicherweise das Wohnmobil, den RV, vermutet …

Ich kneife die Augen zusammen und starre in diese Richtung. Kia steht neben mir, steht sehr nah neben mir und legt ihren Arm quer über meinen Rücken, hält sich an meiner Schulter fest. Es fällt mir dadurch tatsächlich etwas schwerer, mich aufs Ausschauhalten zu konzentrieren. Und trotzdem, so viel Konzentration ist dafür nämlich gar nicht nötig, trotzdem kann ich es sehen.

»Heeey!« Ich rufe, so laut ich kann, nach den drei Abgesandten. Kia pfeift mit ihren Fingern. Irgendwann bleiben die drei stehen und drehen sich zu uns um.

»Ihr müsst –«

»Was?«

»Was?«

»Lauter?«

»Da …!«

Ich fuchtle. Die beiden schauen sich verwirrt an. Ich

deute in die Richtung, in der ich einen weißen Fleck hinter den Hecken erkennen kann. Etwas, das das Dach eines Wohnmobils immerhin sein könnte. Oder Wellblech, ein eingewickelter Heuballen, ein Schneehaufen, ein Ufo …

Lasse und Fips scheinen, so wie sie auf die Distanz und von oben aussehen, keine Ahnung zu haben, was sie mit meinem Gefuchtel anstellen sollen. Ich verzweifle leicht, haue auf die Brüstung ein. Kia hält mir ihr Handy hin, es wählt bereits Fips' Nummer. Gut, da hätte ich schon auch selber draufkommen können. Sie gibt mir das Handy, unsere Hände berühren sich, sie legt ihre danach auf meinen Unterarm, lässt sie da liegen. Es fällt mir schwer, mich von ihren Augen loszureißen, vielleicht liegt das an der Brille, vielleicht erscheinen die dadurch größer, denke ich, während ich Fips erkläre, dass sie sich ein kleines bisschen weiter links halten müssen. Ich deute noch einmal, dann laufen sie direkt auf den weißen Fleck zu.

Fips jubelt schon fast am Telefon. Als wüsste er mehr, als hätten wir ihn schon. Und ich habe Angst, mich zu früh zu freuen. Weil das, wie gesagt, alles sein könnte.

Ich sage, dass wir nachkommen, und Fips will wissen, wie weit ungefähr und ob sie nicht auf uns warten sollen. Wir holen euch ein, und dann lege ich auf und kann mich doch nicht so recht von der Stelle lösen.

Es ist, als wären wir hier oben in so einem elektromagnetischen Spannungsfeld eingeschlossen. Unsichtbare Gitter aus, keine Ahnung, Energie. Ich lege Kia den Arm um die Schultern und ziehe sie an mich. Es ist eine Erleichterung, was ja vielleicht auch damit zu tun hat, dass das hier unser Ziel ist und war, die ganze Zeit schon.

Unsere Münder treffen sich und passen perfekt aufeinander. Mein Mund weiß nicht so recht, was er jetzt in welcher Abfolge tun soll. Kia ist erst forsch und dann zärtlich, und am Ende beißt sie mich so ein bisschen auf die Unterlippe, und das tut weh, ist aber auch schön, und sie grinst, und ich weiß, dass wir jetzt losmüssen, und ich weiß nicht, was ich sagen soll oder ob überhaupt etwas, und ich hoffe, dass das nicht unser letzter Kuss war, aber ich habe keine Ahnung.

Meine Knie zittern auf dem Weg nach unten. Ich stolpere schlingernd die Treppe hinunter. Meine Füße sind nicht so schnell, wie sie sein sollten, und verknoten sich fast.

Als wir unten sind, schauen wir uns an, und ich sage: »Puh.«

Und sie lächelt und zieht dabei die Augenbrauen hoch, als wollte sie sagen: Ich weiß doch auch nicht.

»Keine Aliens da, oder?«, sage ich.

»Abwarten.«

Ich sehe die drei kleinen Gestalten in der Ferne.

»Komm«, sage ich, bevor es mich überkommt und ich ihr, als wäre das hier unten eigentlich verboten, einen hastigen Kuss auf die Schläfe drücke. Dann rennen wir los.

Als die beiden sich, weil sie uns hören, zu uns umdrehen, ist es, als würden sie uns anschauen und sofort alles wissen. Dabei haben sie natürlich keine Ahnung. Vielleicht können sie sich was denken. Wir gehen zügig und zielstrebig auf das Gebüsch zu, und mein Gehirn weiß nicht, was es denken, womit es sich jetzt beschäftigen soll. Und ich weiß nicht, ob ich so nervös bin wegen des Kusses gerade eben, der, mal nebenbei bemerkt, mein erster war, was Kia hoffentlich kein bisschen aufgefallen ist. Oder weil ich das Gefühl habe, dass es gar nicht so dumm von ihr war hierherzufahren, nicht so dumm, wie ich dachte, als ich vorhin so wütend war. Wir nähern uns an, wir kommen ihm näher.

In meinem Kopf ist mein Vater tausend Mal gestorben, hat sich totgesoffen oder in die Fluten gestürzt, die ihn weggetragen haben Richtung Dänemark oder Norwegen oder Grönland.

Manchmal stelle ich mir vor, dass jeder Mensch, der sich selbst umbringt, in dem Moment alle Verbindungen zu seinen Mitmenschen kappt. Wie so ein Telefonkabel, das zu allen Menschen führt, mit denen man zu tun hatte. Und deswegen trifft man nie Leute, die selbst jemanden kannten, der sich umgebracht hat, nur solche, die einen kennen, der einen kannte. Es ist, als hätte die Art und Weise des Todes eine eingebaute Schutzfunktion; du wirst nicht vergessen sein, aber niemand kannte dich persönlich, nur vom Hörensagen, nur indirekt. Und danach bist du vielleicht nur noch ein mahnendes Beispiel. Natürlich weiß ich, dass das nicht wirklich so ist.

Aber jetzt, den hier, den retten wir. Wir sind schon nah dran. Es ist, als könnte man ihn spüren, oder vielleicht ist das der Wind, der mir unauffällig seinen Geruch in die Nase bläst, nach alter Mann und Aftershave.

Als wir beim Gebüsch ankommen, ist von dem weißen Etwas dahinter nichts mehr zu sehen. Die Sträucher sind zu dicht. Es ist so ein richtiger Scheißdreck von einem Gebüsch, das nicht schön aussieht oder zu irgendwas nutze ist, da hängen keine Beeren oder Blüten dran, aber dafür Dornen ohne Ende. Es gibt hier keinen Weg. Wenn auf der anderen Seite wirklich ein Wohnmobil steht, heißt das, da muss eine Straße oder etwas in der Art hinführen. Aber nicht hier.

Wir stehen vor dem Dickicht und manchmal bewegt sich einer so zaghaft darauf zu und versucht irgendwas und zuckt dann wieder zurück und dann ist der Nächste dran.

Irgendwann sagt Lasse: »Ich mach das«, und zieht sein T-Shirt aus.

Normalerweise würde jetzt, angesichts seines mageren Oberkörpers, jemand rufen: »Aua, meine Augen, das blendet«, oder wenigstens pfeifen und ihn anfeuern, aber in diesem speziellen Fall fehlt uns die Energie dafür. Lasse wickelt das Shirt um seine Hand und geht voraus. Zumindest die schlimmsten Äste knickt er weg und bricht er ab, und wir folgen ihm durch die kleine Schneise, die hier entsteht. Das geht einigermaßen, auch wenn mir natürlich trotzdem noch mehr als ausreichend Äste dornig ins Gesicht peitschen, und das ist superunangenehm und wird noch getoppt von den Brennnesseln, die sich an meine Knöchel schmiegen. Die ganze Zeit muss man den Reflex unterdrücken hochzuspringen, weg von den Brennnesseln, und loszurennen, weil dann würde man sich ja in den Dornen verfangen. Ich heule laut, aber nur in mich hinein, weil um ehrlich zu sein, möchte ich jetzt von den drei Typen, mit denen Kia hier ist, nicht derjenige sein, der am lautesten jammert.

Wir sind eine versprengte Truppe im Urwald, der Feind könnte überall lauern. Es heißt Zähne zusammenbeißen. Gut, das Ganze dauert auch nicht länger als zwei Minuten, und auf der anderen Seite der Dornenmauer taumeln wir auf den Strand und fahren uns mit schmutzigen Fingern durchs Gesicht, um zu überprüfen, ob wir irgendwo bluten. Wir sind alle etwas verkratzt, aber im Grunde genommen doch unverletzt.

»Tja«, sagt Lasse und fixiert das Wohnmobil.

»Das ist kein Ufo«, sage ich.

»Nein«, sagt Kia.

Wobei Wohnmobil vielleicht auch gar nicht das richtige Wort ist. Wahrscheinlich heißt das Überlebensvan oder Survival Camper oder so. Ein muskulöser, bulliger Bus mit riesigen Reifen, verdunkelten Scheiben, einer meterlangen Antenne, metallicblauen Streifen und so einem sinnlosen Geflecht aus Rohren vorn am Kühlergrill. Ein Bus, mit dem früher bestimmt mal jemand durch die Sahara gefahren ist oder so, und jetzt ist er eine alte, stinkende Dreckschleuder. Aber ziemlich cool.

Der Ort ist natürlich nicht dafür geeignet, dass man da mit einem Auto hinfährt. Auch mit so einem Wüstenvan mit Allradantrieb dürfte das einigermaßen schwierig sein. Es sieht ein bisschen so aus, als hätte er sich festgefahren und in den Boden gefressen. Die Vorderreifen stecken zu etwa einem Drittel im Sand, der hier nicht weiß ist, sondern eher schlammig braun. Das Meer hat einen dicken Teppich schwarzer Algen und ein Sammelsurium toter Hölzer angespült, dazwischen glitzert der ein oder andere genauso tote Fisch und die ein oder andere leere Bierflasche. Es riecht ein bisschen nach Verwesung. Das hier ist bestimmt nicht der schönste Ort am Meer. Trotzdem seltsam, finde ich, dass weit und breit kein Mensch, kein Spaziergänger oder Jogger zu sehen ist. Wie ein geheimer Ort.

Durch die schwarzen Scheiben kann man vom Drinnen absolut nichts erkennen. Wieder klopfe ich mit zitternder Hand an eine Tür, diesmal die Schiebetür eines Vans. Sofort hört man ein Poltern aus dem Inneren, als wäre jemand erschrocken und vom Stuhl gefallen. Eine Möwe landet auf dem Dach des Busses und hackt mit ihrem gelben Schnabel darauf ein.

Drinnen räuspert sich jemand und stöhnt.

Ich habe nicht genug Zeit, darüber nachzudenken, ob sich das nach ihm anhört.

Die Tür fliegt auf und das ist er nicht. Aber den kenne ich auch. Das ist Paul, Papas bester und, wenn man so will, einziger Freund, Papas Abenteuerkumpan, unser Stammgast, der nie seine Rechnung zahlt.

»Paul?«, sage ich.

»Ja ,Moin«, sagt Paul.

Er sieht noch unrasierter aus als sonst. Seine Haare sind grau geworden und kräuseln sich fettig in seinem Nacken. Er hat kein Shirt an, sein Bauch hängt über den Saum einer hellblauen Badehose. Paul reibt sich die roten Augen. Dann bemerkt er Kia und sieht kurz fast so aus, als würde er sich schämen.

»Oha, Damenbesuch«, sagt er.

»Äh«, sage ich, »ist – ist …«

»Dein Vadder hier?«

»Ja.«

»Nee«, antwortet Paul. Und dann ist er wieder ruhig. Und wie er so in der Tür von dem Wohnmobil steht und nicht hilfreich ist und so komisch grinst wie ein kleiner Junge, den man beim Spannen erwischt hat, und sich mit langen Fingernägeln zwischen den fettigen Haaren herumkratzt, würde ich ihm am liebsten eine reinhauen.

»Aber …«, sage ich, »du weißt, wo …?«

»Nee«, sagt Paul wieder. »Ich such den auch.«

»Wie, du suchst den auch?«

»Ich …«, stammelt Paul und schmiert seine Haare, die durchs Kratzen durcheinandergeraten sind, wieder nach hinten. »Na, kommt erst mal rein.«

# PAUL

Das Wichtigste an der Freundschaft zwischen meinem Vater und Paul war das: Sie konnten für immer von ihren Geschichten, ihren gemeinsamen Erinnerungen zehren. Früher, lange bevor, wie sie das sagten, irgendjemand an Jakob oder mich auch nur gedacht hätte, waren sie Abenteurer gewesen, Weltreisende, die zwischen Schlangen gezeltet und mit Mafiosi um eine Mitfahrt unter Deck gefeilscht hatten, die in Pakistan mal fast im Knast gelandet waren oder zumindest einen kannten, dem das passiert war, und in Thailand mit Mitgliedern der Königsfamilie Haschisch geraucht hatten.

Früher hatte Papa oft und gerne von seinen Abenteuern erzählt. Und seine Söhne hingen ihm natürlich an den Lippen und wollten auch gerne einmal so werden wie er.

Allerdings: Wenn man den beiden oft genug zugehört hatte, stellte man definitiv irgendwann fest, dass sie ihre Geschichten nicht jedes Mal gleich erzählten und sich Pauls Version in Details von der meines Vaters unterschied. Mal waren sie nach Nepal getrampt, mal mit einem alten VW-Bus gefahren, den sie alle hundert Kilometer zerlegen und neu zusammenbauen mussten.

»Die könnten sich wenigstens mal absprechen«, sagte meine Mutter dann augenrollend.

Aber dass sie dort gewesen waren, daran gab es keinen Zweifel. Ich hatte die Bilder gesehen, zwei bärtige dünne Männer, die aus sonnenverbrannten Gesichtern in die Kamera blinzeln, im Hintergrund Berge, bunte Gebetswimpel. Sie waren Hippies, und sie glaubten an nichts außer daran, dass das Glück irgendwo anders zu suchen war, möglichst weit weg, und wenn man nicht da gewesen war, in Indien vor allem, um nachzuschauen, konnte man auch nichts darüber sagen, ob sich das Glück vielleicht genau dort befand.

Paul hatte über die Jahre nie eine Frau, auch keine Freundin, zumindest keine, von der Papa, immerhin sein bester Freund, erfahren hätte. Dabei sah er gar nicht mal so schlecht aus, immer noch dünn, kantiges Gesicht, die langen Locken auf dem Kopf. Das sprach für ihn. Die grobporige Säufernase gegen ihn. Unterm Strich also eigentlich alles im Rahmen.

»Wahrscheinlich schwul und weiß es selber nicht«, sagte meine Mutter, und sie war nicht die Einzige, die sich über Pauls ewiges Singleleben ihre Gedanken machte. Wie das eben so ist auf dem Dorf. Wer nicht irgendwann heiratet, macht sich verdächtig.

Am Stammtisch, der frecherweise in unserer Gaststube stattfand, hielt sich leise flüsternd das Gerücht, er, Paul, sei schon seit Anbeginn der Zeit unsterblich in unsere Mutter verliebt und habe sie nur für Frank, seinen besten Freund, aufgegeben, aber nie aus seinem Herzen löschen können. Jakob und ich hielten das nicht für unwahrscheinlich, aber wir waren auch noch klein und verstanden nichts davon. Wir verstanden nur, dass das irgendwie schwerwiegend war, was da behauptet wurde. Unsere Eltern äußerten sich in unserer Anwesenheit nicht zu dem Thema und taten so, als hätten sie nie von dem Gerücht gehört.

Bei ihrer Beerdigung jedenfalls schluchzte Paul lauter als Papa und Hugo zusammen.

Ihre Beerdigung. Der grüne Sportwagen mit der runden Schnauze hatte sich zwei Mal überschlagen, das erfuhren wir im Nachhinein. Hugo, der ein Raser war, hatte auf einer nächtlichen Landstraße die Kontrolle verloren. Er überlebte.

Wir hatten sie seit ein paar Monaten nicht mehr gesehen. Manchmal rief sie an, fragte, wie es uns gehe, wollte nicht mit ihrem Noch-Mann sprechen, kündigte an, bald für ein paar Tage bei uns zu sein, und tauchte nie auf. Ich war bei diesen Gelegenheiten ziemlich maulfaul am Telefon. Dass sie Papa verlassen hatte, hatte auch mich gekränkt, Hugo konnte ich nicht ausstehen, sie hatte etwas gutzumachen. Ich mochte sie zu diesem Zeitpunkt nicht besonders gern.

Wir erfuhren, dass sie nicht mehr da war, dass sie nie wieder anrufen, dass wir sie nie wieder sprechen würden. Dann dauerte es ein paar Stunden, bis die Information durchgesickert war, wie durch einen lehmigen Boden. Bis man den Inhalt der Worte begriffen hatte. Fieberhaft begann ich, darüber nachzudenken, worüber wir bei unserem letzten Gespräch gesprochen hatten, ob ich da, ob ich in diesem Jahr überhaupt schon einmal einen netten Satz zu ihr gesagt hatte, ob ich versucht hatte, sie zu überreden, zu uns zurückzukommen, ob ich das, was passiert war, hätte verhindern können.

Das Schlimmste aber war der Gedanke an Papa: Papa, der

in der Nacht des Unfalls ans Telefon geht und dann alleine in der Küche sitzt und trinkt, weil er uns nicht aufwecken will. Der das vier, fünf Stunden lang alleine aushalten muss. Und sitzt und trinkt und wartet und versucht zu begreifen.

Ich erinnere mich an meine Mutter, aber nie nur an sie. An sie zu denken, heißt immer, an Papa zu denken, wie er in der Küche sitzt, und da ist keiner bei ihm, stundenlang ist er mit diesen Gedanken allein. Das zu wissen, machte und macht alles noch schmerzhafter. Ich glaube, das war der Moment, und darum geht es, in dem ich beschloss, dass wir einander nie allein lassen dürfen oder sollen. Klar kann man sich rein geografisch voneinander entfernen oder so. Aber am Ende ist es auch meine und Jakobs Aufgabe aufzupassen. So blöd oder peinlich sich das vielleicht auch anhört. Natürlich vermisse ich sie, glaube ich. Aber ich würde sie viel mehr vermissen, wenn ich sie richtig gekannt hätte. Und wenn sie vielleicht auch mein erwachsenes oder, na ja, fast erwachsenes Ich kennengelernt hätte.

Nach ihrem Tod sprach Paul manchmal mit uns über sie. Nur ein paar Sätze, die er fallen ließ, wenn er sicher sein konnte, dass Papa sich außer Hörweite befand. Dass wir ihr das irgendwann verzeihen müssten. Was für eine wunderbare Frau sie gewesen sei. Jakob und ich nickten verschämt. Wir wollten mit ihm nicht darüber reden. Und ich fragte mich schon auch, was er nun davon hatte, uns das unter die Nase zu reiben, wo sie zu uns doch, am Ende zumindest, gar nicht mal so wunderbar gewesen war.

Ich glaube, Paul wollte sich in dieser Zeit anbieten. Er wollte uns signalisieren, dass er für uns da sein konnte, wenn unser Vater das nicht schaffte. Papa verstummte immer mehr. Die Geschichten von früher erzählte nur noch Paul, und irgendwann erzählte er zunehmend die Geschichten, die er erlebt hatte, als Papa nicht mehr dabei war. Wegen Ehe und Hotel und allem.

Er lallte. Er wünschte, er wäre auf den Philippinen. Er machte ein Safarigewehr nach und spuckte dabei auf den Tisch. Manchmal guckte er ganz abwesend an die Wand und war mit den Gedanken an Orten, wo seine Worte nicht mehr nachkamen. Jakob und ich leerten den Aschenbecher aus, stellten noch eine Flasche Wein hin und erklärten den anderen Gästen, dass das eben durchaus der Fall sein könne, dass in diesem Hotel geraucht wird, aber nur, wenn die Zigarette in Pauls Mund steckt.

Jetzt sitzt Paul uns hier gegenüber auf einer geblümten, gepolsterten Bank in diesem Bus. Es riecht muffig. Diese Polster haben viel Schweiß aufgesaugt und sind, wie sie aussehen, seit vierzig Jahren nicht ausgetauscht worden. Auf dem Boden liegen leere Cognacflaschen und Tüten von Instant-Nudelsuppen. Wir haben Paul ein paar Tage, wenn nicht Wochen nicht gesehen. Das ist nicht unüblich, gerade wenn im Hotel viel los ist. Ich erinnere mich an den Zettel in meiner Hosentasche: Wir hätten gleich, wir hätten längst zu ihm laufen sollen, natürlich!

Paul erzählt, dass Frank, vor ein paar Tagen und ganz früh am Morgen sei das gewesen, bei ihm vor der Wohnungstür stand. Also, ziemlich früh am Morgen, deutlich früher, als der normalerweise ansprechbar wäre. Hektisch sei er ihm vorgekommen und irgendwie verwirrt, noch verwirrter als ohnehin schon in letzter Zeit. Einmal habe er ihn Paule genannt, was einfach noch nie sein Spitzname gewesen sei. Die Strickjacke sei kreativ zugeknöpft gewesen. Aber gut.

»Jedenfalls stand der plötzlich da und hat sein Geld gewollt.«

»Sein Geld?«

»Geld von mir für dreißig Jahre lang Saufen in eurem Laden.«

Er sei nicht davon ausgegangen, sagt Paul weiter, dass er diese Rechnung jemals in seinem Leben würde begleichen müssen. Aber gut. Er habe neulich erst ein bisschen Glück gehabt, also habe er gerade eh mehr auf dem Konto als gesund sei für einen allein lebenden Menschen, und da habe er dem Frank einfach gegeben, was daheim so rumlag. Mit dem Versprechen, noch mehr zu überweisen.

»Klar kam mir das komisch vor. Aber der wollte nicht diskutieren oder viel erklären. Hat nur gesagt, es ist ein Notfall, und ich dachte, vielleicht weiß Gott was Medizinisches oder …«

Paul schaut sich im Bus um, als wolle er überprüfen, ob Frank sein Geld gut investiert hatte: »Na ja.«

Und als unser Vater dann wieder weg war, habe er, Paul, angefangen nachzudenken. Darüber, wie ihr Verhältnis über die Jahre abgekühlt sei. Darüber, wann er seinen besten Freund zum letzten Mal gefragt hätte, wie es ihm denn eigentlich geht. Und darüber, dass der Frank immer schon, also seit das mit Karin …, dass der immer schon manchmal angedeutet hätte, wenn es nicht mehr ginge, dann würde er abhauen, sich verpissen, weg von allem, und dann sollten sie alle mal schauen, wo sie blieben. Wie so ein trotziger

Junge. Das sei ihm wieder eingefallen und seitdem nicht mehr aus dem Kopf gegangen.

Paul schweigt, als wäre das das Ende der Geschichte.

»Und dann?«, frage ich.

»Ach so, ja. Ich habe versucht, den anzurufen, aber das hätte man sich gleich denken können … Gut, denke ich, was machst du jetzt …«

»Aber wieso hast du dich denn nie mal bei mir gemeldet zum Beispiel?«

»Na ja«, Paul windet seinen mageren Körper im engen Bus wie ein Wurm, »erst dachte ich ja, das ist nix weiter, nur irgendwie … Investitionen. Und dann aber habe ich mir schon Sorgen gemacht und wollte dich dann da nicht auch noch mit belasten, wo du ja schon das Hotel am Anus hast quasi, oder?«

»Ja und dann, Paul? Was machst du hier, was ist das?«

»Ach so! Ja. Wie gesagt, ich konnte irgendwann an nichts anderes mehr denken. Also bin ich zum Knutt, klar, und dann war da aber niemand, also nur Severin, die sagt, du beziehungsweise ihr, ne, seid auf der Suche, weil der Chef ja nun verschwunden ist. Ich bin sofort hierhergefahren. Moped liegt dahinten. Das habe ich gewusst, dass der, wenn der abhaut, hierherkommt. Weil das hier keiner kennt. Schmugglerstrand. Kommst ganz schlecht ran, wenn du nicht den Eingang vom Flugplatz kennst. Aber gut, wisst ihr ja selber.«

Paul faltet die Hände im Schoß und schaut auf den Boden. Ich habe den starken Verdacht, dass er, als er hier angekommen ist, die Ruhe und die gemütlichen Camper-Matratzen erst mal für ein Nickerchen genutzt hat. Dass wir ihn aufgeweckt haben und ihm das ziemlich peinlich wäre, wenn er es zugeben müsste.

»Jedenfalls ist er hier nicht«, sage ich.

»Nein«, sagt Paul.

»Aber der Bus hier.« Ich schaue mich noch einmal gründlich um. Die Flaschen, das ist seine Cognacmarke, das Kissen, das auf der Matratze liegt, kommt mir hingegen unbekannt vor. In einem geräumigen Staufach über Fahrer- und Beifahrersitz liegt etwas. Ich ziehe an einem Gurt: Das ist die Sporttasche, die Tennistasche. Und drin natürlich kein Schläger, nur T-Shirts und Pullis, achtlos hineingeworfen. Das sind seine Sachen. Da bin ich mir relativ sicher.

Wir stehen am Strand und das Meer spült uns schwarze Algen auf die Füße. Ich sage Paul, er soll mit den anderen gehen, und der Alte Herr und ich gehen da lang. Wir teilen uns auf. Danke bis hierhin, aber jetzt schicke ich euch weg. Ich habe Löcher im schlammigen Sand gesehen, die sich mit jeder Welle mit Meerwasser füllen. Die könnten etwa seine Schuhgröße sein. Die letzten paar Meter gehe ich allein.

# SCHWARZE LÖCHER

Es sind mehr als nur ein paar Meter. Und der Weg ist beschwerlich. Der Wind feuert mir die ganze Zeit salzige Tropfen in die Augen. Meine Füße bleiben stecken. Sie sind nass. Das Meer ist kalt. Möwen kreisen über meinem Kopf wie Geier, die darauf warten, dass ich zusammenbreche und sie mir die Milz aus dem Körper picken können.

Ich ziehe meine Schuhe aus.

Ich bin mir nicht sicher, ob das eine gute Idee war, ob ich barfuß besser vorankomme. Ich spiele mit dem Gedanken, die Schuhe wieder anzuziehen, und entscheide mich dagegen. Der Wind wird stärker. Der Wind hört sich wütend an, als würde er mich anschreien und anfauchen und abhalten wollen von meinem Weg.

Der Alte Herr schnauft, und manchmal niest er leise, zurückhaltend. Aber tut sich mindestens genauso schwer wie ich mit dem Sand.

Aber das ist alles relativ egal. Wir folgen den schwarzen Löchern. Das Wasser sprudelt hinein, wo er, der große schwere Mann, eingesunken ist, *pflatsch*. Das Wasser formt manchmal Spiralen, wenn es in die Löcher sprudelt oder wieder heraus-. Manchmal entdecke ich keine Löcher mehr und ich werde nervös und schaue mich um. Aber dann gehe ich weiter und da taucht wieder eines auf und ein Krebs krabbelt heraus oder ein Fetzen von einem Fischernetz weht in den Wellen.

Jetzt, wo alles so beschwerlich ist und schmerzhaft, ist alles auch endlich einigermaßen klar. Es gibt keine Ablenkung mehr, keine andere Sache, mit der ich mich vielleicht lieber beschäftigen würde. Es gibt jetzt noch diese Aufgabe und das Richtige zu tun, und was das ist, ist keine Frage mehr. Nur schnell genug muss man sein.

Der Strand macht eine Kurve. Ich habe den Flugplatz hinter mir gelassen. Wo der Flugplatz war, ist plötzlich ein Berg, ein Stück Steilküste mit Felsen, aus denen mich ebenfalls schwarze Löcher anschauen. Da sind Höhlen im Fels, vielleicht sitzt er dort wie ein Schmuggler auf seinem Schatz. Ich rufe und schreie in Richtung der Höhlen, der Alte Herr bellt, um mich zu unterstützen, aber sie scheinen ganz schwarz und tot und leer. Ich erreiche eine Bucht, die bei gutem Wetter bestimmt so richtig, richtig schön ist, so eine Halbmondsichel mit dem bewaldeten Berg dahinter. Aber jetzt wird es zunehmend dunkel, weil sich fette Wolken wie grauschwarze Wollknäuel vor die Sonne geschoben haben. Und der Wind ist fast schon so etwas wie ein Sturm, der mir meine Rufe von den Lippen nimmt und sonst wohin trägt, Richtung Dänemark oder Grönland oder was weiß ich.

Als ich das Boot sehe, beschleunige ich. So gut es eben geht. Ich binde meine Schuhe an den Schnürsenkeln zusammen und hänge sie mir um den Hals. Ich versuche zu rennen, aber je mehr ich mich anstrenge, desto tiefer sinke ich ein. Und je tiefer ich einsinke, desto mehr stachelige

Algen und Seesterne und Zeug bohren sich in meine Fußballen. Ich muss an den Weg zum Flugplatzturm denken und dass man nie ankommt, wenn man sich immer so auf das Ziel fixiert, also schaue ich beim Rennen auf meine Füße und auf meine Knie, und alles wackelt, die Welt wird durchgeschüttelt.

Das Boot ist ein kleiner, grün angestrichener Holzkahn. So eine richtige Nussschale. Und auch, wenn es jetzt so langsam richtig dunkel wird, ist das eindeutig zu erkennen, dass in der Nussschale eine Gestalt sitzt, ein massiger Körper, eine Person, die aufs Meer schaut mit einem Paddel in der Hand.

Wahrscheinlich kann der Hund ihn riechen, denn er rennt sofort los. Ich komme nicht hinterher.

Und als ich dann da bin und wieder, zum dritten Mal heute, anklopfe, nur diesmal nicht an die Tür, sondern an die Außenwand von dem hölzernen Boot, in dem mein Vater sitzt und auf den Moment wartet, um hinauszufahren, dreht er sich zu mir um und wischt sich mit einer fleischigen Hand über die Augen. Er blinzelt zwei, drei Mal, als bräuchte er einen Augenblick, um sich daran zu erinnern, wer ich bin. Als wäre er sehr lange und nicht bloß drei Tage weg gewesen.

Er lacht und sagt: »Du.«

»Ja«, sage ich.

»Du solltest eigentlich gar nicht hier sein.«

Mir weht sein scharfer Atem entgegen. Da kann auch der Wind nichts ausrichten.

»Wieso nicht?«, frage ich.

»Das ist doch ein geheimer Ort«, sagt er.

»Schmugglerstrand«, sage ich.

»Ja«, sagt er wie einer, der erst noch darüber nachdenken muss, während er schon antwortet. »Jaja.«

»Was machst du hier draußen?«

Papa schaut sich um. Sieht das Boot, das Paddel in seiner Hand, sieht die Wolken, aus denen es blitzt, sieht mich und seinen alten Hund und sagt: »Ich hab mich wohl irgendwie verlaufen.«

Ich weiß nicht und werde nie sagen können, ob das vielleicht sogar die Wahrheit war. Natürlich sah das im ersten Moment so aus, als wollte er sich gerade abstoßen und ins Meer befördern, ins Meer und in den Sturm, der da gerade aufzog. Ich hatte ihn dabei erwischt und er schämte sich dafür. Aber vielleicht hatte er sich ja wirklich verlaufen. Er war mit dem Bus, den er sich zu dem Zweck gekauft hatte, an den Strand gefahren. Er wollte ein paar Tage niemanden sehen, ausruhen, den Kopf freikriegen, sich darüber klar werden, wie das eigentlich alles weitergehen konnte. Weil so, wie es war, funktionierte es nicht gut. Er war verwirrt, er vergaß alles, er ließ Sachen liegen, er war nicht mehr gut in dem, was er tat. Er wollte einen Spaziergang machen und fand nicht mehr zum Bus zurück und setzte sich in das Boot, um noch mal nachzudenken.

Konnte auch sein. Wir lernten später, dass Verwirrtsein zu seiner Krankheit gehört. Dass mein Vater nicht dement ist, also kein Alzheimer hat. Aber die Symptome sind oft so ähnlich, nur dass das bei ihm nicht daran liegt, dass ihm das Nachdenken schwerfällt, sondern dass er zu viel nachdenkt und grübelt und niemals aufhört. Die ganzen Gedanken, die alles betreffen, sind immer gleichzeitig und gleich laut und stehen im Weg herum, sodass er an die eigentliche Sache, die Information, in welcher Richtung der Bus stand, zum Beispiel, nicht mehr herankommt.

Es gelang mir, ihn dazu zu bewegen aufzustehen. Ich nahm ihn an der Hand. Und das war vielleicht das Seltsamste. Ich wusste, wie es sich anfühlt, an seiner Hand zu gehen. Aber nur daher, dass ich einmal klein gewesen war und er auf mich aufgepasst und mich festgehalten hatte, damit ich nicht verloren ging und nicht vom Auto überfahren wurde. Und er hat gut auf mich aufgepasst, denn ich bin siebzehn und bald achtzehn Jahre lang nicht vom Auto überfahren worden. Und jetzt war nicht ich an seiner, sondern er an meiner Hand, als wir zu den anderen zurückkehrten, die nicht wussten, wie sie zu reagieren hatten. Und ausgerechnet Kia nahm ihn einfach in den Arm. Und die anderen nach ihr genauso. Als würde einer heimkommen von einer kleinen Reise, und alle freuten sich einfach, ihn wiederzusehen.

# WENN MAN SO WILL

Das ist diese Geschichte. Nur dass eine Geschichte, wie man das im Deutschunterricht lernt, einen Anfang hat, eine Mitte und einen Schluss. Weil sich das einer ausdenkt, der auch mal fertig werden will. Im echten Leben ist das anders, insofern als dass man gar nicht in die Situation kommt zu denken, hier wäre jetzt der Schluss erreicht. Das Monster ist besiegt und man kann heim und sich feiern lassen. Das gibt's ja irgendwie gar nicht.

Wenn das hier so funktionieren würde, könnte ich an dieser Stelle behaupten, dass Papa total froh war, dass wir ihn gefunden hatten. Dass er dadurch erst gemerkt hatte, was er an uns hat und wie toll sein Leben doch sein könnte. Dass er nie wieder weglaufen würde, nein, er war jetzt ein anderer, motiviert und tatkräftig, mit mir, seinem motivierten und tatkräftigen Sohn an seiner Seite und seiner Schwiegertochter Kia.

Aber dass das so in echt nicht funktionieren würde, war ja auch von Anfang an klar.

Ich weiß, um ehrlich zu sein, nicht, ob er sich gefreut hat, dass wir ihn gefunden haben. Gesagt hat er es nicht. Er sprach nicht mit uns auf der Heimfahrt. Er fragte noch nicht einmal nach, wer denn das Mädchen sei und ob die überhaupt einen Führerschein hatte. Er schaute aus dem Fenster.

Wir kamen zum Hotel zurück, wo meine Freunde sich sofort darum kümmerten, die Gäste fernzuhalten, die zu mir wollten oder zu ihm. Und dann setzte ich ihn auf die Eckbank und der Alte Herr legte sich auf seine Füße. Er schaute mich nicht an, aber er presste die Lippen aufeinander wie einer, der sich geschlagen gibt und still und heimlich denkt: So. So ist es vielleicht besser.

Und ich stand da und fragte mich, ob ich jetzt etwas sagen sollte, ob er mir nicht vielleicht etwas zu sagen hatte, wie man denn jetzt weitermacht.

Also sagte ich: »Papa, das war nicht cool.«

Und Papa schüttelte den Kopf und hob zwei schwere Hände in die Luft und ließ sie auf den Tisch fallen.

Später dann lernte ich mehr, und ein Arzt, der nervös auf seiner Tischkante saß und Papa immer im Auge behielt, als würde der gleich zur Tür rausrennen, erklärte mir das mit dem Grübeln als Symptom und dass der natürlich extrem still und verschlossen wirkt in diesen Momenten, als hätte er schon komplett abgeschaltet da oben, obwohl eigentlich das Gegenteil richtig sei. Mega Hirnfasching und nichts kommt einem über die Lippen. Weil es einfach zu viel ist. Wie ein verstopftes Rohr, wo nichts mehr durchgeht vor lauter Fusseln und Haaren und Zeug.

Ich sitze auf seiner Bank im Garten und trinke Eistee und stelle mir vor, es wäre Cognac, und stelle mir vor, ich wäre er. Wir haben angefangen, ihm wieder kleine Aufgaben zu geben. Dinge, die er schaffen soll im Laufe eines Tages, wie den Fitnessraum fegen, den Frühstücksraum in Ordnung bringen. Ich sitze auf seiner Bank im Garten, als hinter mir die Tür aufgeht. Papa atmet sehr laut, ich kann hören, dass es er ist, aber er hält sich nicht bei mir auf. Er geht straight an mir vorbei und auf die Hecke zu und hat die Gartenschere in der Hand.

Ich will keine Hoffnungen an den Erfolg eines Tages knüpfen, aber ich bin immer ein bisschen stolz, wenn etwas funktioniert. Wenn er es schafft aufzustehen, wenn er es schafft einzuschlafen. Wenn er seine Termine in der Klinik einhält und die Medikamente nimmt. Die Tür hinter mir fällt zu und geht fast sofort wieder auf.

Und dann sitzt Kia neben mir auf der Bank, sie legt mir ein Geschirrtuch über die Schulter, und sie grinst und stupst mir im Gesicht herum und erzählt mir so lebhaft von ihrem Vormittag in der Schule, dass ich gar nicht mehr das Gefühl habe, etwas zu verpassen. Ich weiß sehr genau über alles Bescheid.

Kia kommt fast jeden Nachmittag. Manchmal will sie mit mir den Stoff des Tages noch mal durchgehen. Damit ich ein bisschen zumindest Bescheid weiß, wenn ich mich doch entscheiden sollte, das Jahr nachzuholen. Und eigentlich ist das ja gar nicht so dumm. Ich will das hier jetzt ein Jahr lang ausprobieren und herausfinden, ob das etwas ist, was ich wirklich machen möchte und vielleicht mein Leben lang. Und wenn nicht, denke ich, verkaufen wir das Knutt an die Kollegen vom Best Maritim, und die Kohle bekommt Papa, und alle sind fein raus. Mal sehen.

Nachdem wir uns das zweite Mal geküsst hatten, war ich fast noch verwirrter als nach dem ersten Mal. Wir saßen am Strand, wo wir uns schon einmal nachts getroffen, aber nicht geküsst hatten.

Und dann platzte das so aus mir heraus, dass ich gern wissen wollte, was wir nun füreinander wären.

»Du bist jetzt mein Freund«, sagte sie, »mein Boyfriend.«

»Echt?«

»Nein, Mann, ich kenn dich doch noch gar nicht.«

Sie lachte mich aus und pikste mich mit spitzen Fingern in die Rippen und wir lachten und knutschten weiter. Aber natürlich machte mich das irgendwie nervös. Ich hätte lieber etwas anderes gehört in dem Moment.

Mittlerweile sind wir weiter. Wenn sie jeden Tag hier ist, sagt sie, hätte sie ja gar keine Wahl, als mich kennenzulernen. Und dass ihr das gut gefällt, was sie kennenlernt, und dass ich, wenn ich mag, sagen darf, dass ich ihr Boyfriend wäre.

Jedenfalls sitzen wir auf der Bank, sie trinkt von meinem Eistee, wir beobachten, wie mein Vater die Hecke schneidet, er tut es wie ein sehr vorsichtiger Friseur, der bloß nicht zu viel wegnehmen will. Die Saison neigt sich dem Ende zu. Herr Berger ist bereits abgereist, mit den Worten »bis nächstes Jahr«, als wäre gar nichts geschehen. Die exhibitionistischen Engländer sind noch da, aber verhalten sich ruhig. Frau Severin macht jetzt ihren Mittagsschlaf. Jeder Tag ist anders, die meisten sind okay.

»Weißt du«, sage ich, »ich will mich ja nicht lustig machen oder so.«

»Aber?«

»Wenn man ihn jetzt so anschaut.«

»Wen?«

»Na wen? Meinen Vater. Wenn man ihm so zuschaut, wie er die Hecke frisiert …«

»Ja.«

»Dann könnte man fast, also wenn man noch mal drüber nachdenkt, wenn man so will, wenn man so wollen würde, glauben …«

»Jaaa …?«

»Na ja, dass dem was zugestoßen ist, als er weg war. Als wenn der von Aliens oder so … entführt worden wäre.«

Kia muss ein bisschen lachen. »Schau an.«

»Ich meine ja bloß. Das ist immer noch Schwachsinn, klar. Aber in dem Rahmen des Schwachsinns kam es mir nie plausibler vor als genau jetzt.«

Sie nickt zufrieden. »Am Ende weißt du es nicht.«

»Doch, klar.«

»Nein«, sagt sie, »du warst nicht dabei. Und wenn es wirklich passiert ist, müssen wir auch davon ausgehen, dass er keine Erinnerung mehr daran hat. Gestern ging es ihm so und heute anders. Und was dazwischen passiert ist …«

»Scheiße«, sage ich und nehme ihr das Eisteeglas aus der Hand. Papa dreht sich zu uns um, einen Moment lang schaut er ganz ausdruckslos in unsere Richtung. Als bräuchte er einen Moment, um sich zu erinnern, wer wir sind. Dann hebt er die Hand und winkt uns vom Rand unseres Gartens her zu. Er lächelt.

»Wenn man so will«, sagt Kia, »waren es die Aliens.«

»Tja, ja«, sage ich, »aber wirklich nur, wenn man so will.«

# DANKE

Ich möchte allen danken, die absichtlich oder unabsichtlich Beitrag geleistet haben, damit es dieses Buch geben kann. Vielen, die das gar nicht wissen, viele, von denen ich das gar nicht weiß.

Und ganz speziell Hannah für die Geduld mit mir und die Antworten auf alle Fragen über Menschen und was die so warum machen, für die Lust auf unfertige Texte, immer wieder und das Fertigwerden mit meiner nach Komplimenten fischenden Selbstkritik.

Philip und Leo für die fachkundige Begleitung und akribische, zugewandte Mitarbeit.

Stephan für weil wir eine Firma haben und für das wirklich notwendige, unnötige Geschrei in manchen Nächten.

Meiner Lektorin Hanna für beeindruckende Gründlichkeit bei hoher Geschwindigkeit.

Meinem Agenten Martin für hüftschwingend lässige Motivation per Mail.

Los Familios, Konnekdikud, Hausgemeinschaft Karl-Bröger-Str., Mittelgebirgsjunkies.

Netflix, Google, Wikipedia, curt.

Natürlich magellan©

FSC
www.fsc.org
MIX
Papier aus verantwortungsvollen Quellen
FSC® C083411

Wir pflanzen Bäume
Für unsere Umwelt
www.magellanverlag.de

FAIR PRODUZIERT
www.magellanverlag.de

**Hergestellt in Deutschland**
**Gedruckt auf FSC®-Papier**
**Lösungsmittelfreier Klebstoff**
**Drucklack auf Wasserbasis**

1. Auflage 2021

Umschlaggestaltung: Christian Keller unter der Verwendung von Motiven von shutterstock / Slice Lemon / Natalya Levish
Druck: CPI, Leck
ISBN 978-3-7348-5050-9

www.magellanverlag.de